이젠, 함께 걷기다

삶을 바꾼
100일 함께 걷기
이젠, 함께 걷기다

김민영 외 지음

북바이북

가능한 앉아 있지 마라.
꾹 눌러 앉아 있는 끈기 그것이야말로 진정한 죄.

– 니체

함께 걸을 사람을 찾습니다

학습공동체 숭례문학당이 걷기 좋아하는 이들을 위한 '100일 함께 걷기'를 시작합니다. 규칙적인 운동과 자기 시간을 찾기 위한 모임입니다. 사유와 산책이 필요한 여러분을 초대합니다.

준수 사항

1. 매일 5킬로미터 이상 걷기(밤 12시 전에 카카오톡 그룹방에 걷기 캡처 이미지 제출)

2. 월 2회 함께 걷기(일정 추후 공지/오프라인 모임 때는 10킬로미터 이상 도보/지방 거주 및 여러 이유로 오프라인 모임 참여가 어려울 경우 SNS만 참여해도 됩니다.)

3. 걷기 과정에서 겪은 변화와 단상 글쓰기(오프라인 모임에서 공유. 단, 원하는 사람에 한해)

4. 걷기 관련 단행본 함께 쓰기 추진

기타

- 3일 이상 도보 기록 안 올리면 휴면 처리합니다.
- 주말, 공휴일 없이 매일 걷습니다.
- 걷기 편한 신발을 챙겨 나가세요.
- 대중교통을 이용하거나, 도보를 실천해보세요.
- 일정: 시작일부터 100일간
- 걷기의 세 종류
  - 자연보: 시간을 고려하지 않고 산책과 여행을 겸해 자유롭게 걷고 싶은 분에게 추천합니다.
  - 중보: 1킬로미터당 12분 내외로 약간의 다이어트를 고려해 시간을 생각하며 걷길 원하시는 분께 추천합니다.
  - 속보: 1킬로미터당 8분 내외로 본격적인 다이어트를 고려해서 빠르게 걷기를 원하시는 분께 추천합니다. 단, 여행이나 산책이 아닌 익숙한 거리를 운동 삼아 걸을 때에 해당합니다.

2015년 9월 15일 숭례문학당 '100일 함께 걷기' 첫 공지를 올렸다. 매일 5킬로미터 걷기란 쉽지 않기에, 사실 큰 기대를 하진 않았다. '나처럼 매일 걷고 싶은 사람도 있지 않을까? 걷기는 비교적 가벼운 운동이니까!' 막연한 기대로 시작했다. 다행히, 얼마 가지 않아 "100일 걷기 신청합니다"라는 신청 메일이 이어지며, 순식간에 14명이 모였다. "매일 꾸준히 걷고 싶어요." "함께 걷는 팀이 생긴다니 너무 좋아요." 결연한 의지부터 경쾌한 설렘까지 신청 사연을 읽는 재미도 대단했다. 본격 시작일 전부터 카카오톡 단체채팅방을 열고 대화를 시작했다. "잘할 수 있을까요?"라는 걱정, "마감이 있어 좋겠다"는 희망이 교차했다. 걷기가 취미인 사람, 지금부터 걸으려고 준비하는 이 모두 같은 출발선에 섰다. 100일 완주를 목표로 서로 격려하자고 약속했다. 프리랜서, 주부, 직장인, 기업 CEO 등 다양한 참여자들이 함께 모여 '매일 5킬로미터' 걷기를 시작했다.

100일 함께 걷기에서, 함께 쓰기까지

주로 모임이 SNS를 통해 진행되다 보니 회원 모두 스마트폰을 익숙하게 사용해야 했다. 매일 자정 전에 그날 걸었던 기록을 올리는 것이 미션. 참여 방법은 다음과 같다.

1. 핸드폰으로 측정할 경우, 걷기 어플을 설치하고 걸을 때마다 들고 다닌다.
2. 스마트밴드를 상시 차고 다닌다.(이럴 경우 핸드폰은 두고 다녀도 된다.)
3. 그날의 도보량을 캡처해 카카오톡 단체채팅방에 올린다.

스마트폰 사용이 익숙지 않은 회원에겐 일대일로 어플 설치법, 캡처방법을 알려줬다.(화면 캡처는 스마트폰의 전원 버튼과 오른쪽에 튀어나온 버튼을 동시에 누르면 된다.) 드디어 모임 첫날, 5킬로미터를 훌쩍 넘어 10킬로미터를 넘긴 사람, 힘겹게 5킬로미터를 채우는 이까지 다양한 기록이 이어졌다. 며칠 지나자 "5킬로미터 달성 못했어요"라며 속상한 마음을 전하는 이도 있었다. 이처럼 일정에 쫓겨서, 몸이 좋지 않아서, 사정에 의해서 걷지 못한 회원이 생기면 모두 위로하고, 다시 걷기를 기다렸다. "내일 더 걸으면 되죠." "그 정도 걸은 게 어디에요." 남다르게 온기 가득한 카톡방은 금세 친목방이 되었다. 이렇게 우리는 매일매일, 주말도 연휴도 없이 함께 걷고 기록했다.

100일 걷기 모임의 중요한 성과 중 하나는 바로 '글쓰기'였다. 모임을 시작한 지 한 달여 즈음 지났을 때, '걷기 단상'이라는 글이 하나둘 올라오기 시작했다. 짧게는 5줄 내외, 길게는 A4 1장 분량으로 다양한 단상이 이어졌다. 눈치 보지 않고, 검열 없이 그저 길 위에서 느낀 감정을 나눴다. 새벽에 나와 코스를 걸었던 김정자, 저녁 즈음 공원 산책을 즐기던 김경희, 아이와 곳곳을 누빈 윤정선, 실내 걷기까지 불사한 김은영, 자유로운 도보자 고민실, 일상이 걷기였던 류경희 등 모임의 구성원들은 소소한 일상을 주고받으며 깊은 친밀감을 형성했다. "내가 보낸 가장 풍요로운 가을이었다"라는 계절 단상은 회원들의 오감을 자극하기도 했다. 단상을 나누다 보니 글이 좋아지기도 했다. 나 또한 단상 기록을 실천했다. 자주 걷던 길이 다르게 느껴졌다. 글쓰기의 힘이었다.

숭례문에서 종각에 이르는 2킬로미터는 밤 10시가 넘어서야 그 진가를 알 수 있는 '밤의 여로'다. 야경 속 숭례문은 보는 지점에 따라 사치스럽기도 하고 누추하기도 한데, 구 시청 즈음까지 멀어져 소실점으로 존재할 때 (적어도 내겐) 가장 아득하고 아름답다. 야간에도 기꺼이 빨려들고 싶은 덕수궁 길을 애써 뒤로하고, 광화문까지 도착하면 사거리 특유의 살가운 바람이 온몸을 감싼다. 사방 어디로 가도 친숙한, 십여 년 넘게 걸어온 거리라 더 정겹다. 〈동아일보〉 방면으로 건너 종각이 보이기 시작하면 걸음을 늦추고 싶어진다. 벌써, 끝내야 하는 야간 도보가 아쉽기만 하니 어쩌나. 유흥으로 너울대는 보신각 앞에서, 나는 다시 맹렬히 걷고 싶어졌다. 이대로 멀리, 영월 청령포까지 한없이 걷고 싶은 밤의 여로여. 걷기는 자유다.

– 2015년 12월 10일 걷기 단상

단상 쓰기로 우리는 다른 이의 삶을 공유하고, 공감했다. 걷기는 걷기와 사색, 글쓰기까지 이어지는 성장의 공간으로 거듭났다. 어느새 300일이 지나갔다. 운동과 담쌓고 살던 사람, 건강 악화로 힘겨웠던 사람, 무딘 감성으로 무료했던 사람 모두 100일 걷기로 새롭게 거듭났다. 나만의 시간이 필요하다면, 건강하고 싶다면 이젠 함께 걷기다.

2016년 9월 김민영

차 례

서문 · 함께 걸을 사람을 찾습니다 ——— 7

1장 · 100일 함께 걷기의 시작 | 김민영
    나는 왜 함께 걷게 되었나? ——— 17
    걷기를 공유하다 ——— 23
    왜 함께 걷기인가? ——— 27
    함께 걷기로 변화된 사람들 ——— 31

2장 · 함께 걷기, SNS부터 오프라인 모임까지 | 김민영
    모임 운영자를 위한 자기 관리법 ——— 37
    모임 운영자를 위한 마음가짐 ——— 41
    운영진의 역할 ——— 46
    코스 안내 ——— 51

3장 · 함께 걷기의 기술
    걸으면서 다이어트 하기 · 김민영 ——— 59
    직장인의 걷기 습관 들이기 · 박은미 ——— 63
    자가운전자를 위한 걷기 팁 · 황도순 ——— 68
    주부들의 걷기 실천법 · 김은영 ——— 71

새로움을 발견하게 하는 걷기의 힘 · 김성희 ———— 74

식단 공유하기 · 강린 ———— 79

운동, 물 마시기, 수면 기록법 · 김정자 ———— 85

걷기 단상 기록법 · 고민실 ———— 92

걸으면서 기부하기 · 박은미 ———— 97

4장 · 걷기로 다시 살다

꽃으로 다시 피어나다 · 최은희 ———— 103

5킬로미터 여자 · 류경희 ———— 112

걷기를 기록한다는 것 · 김정자 ———— 124

널리 널리 퍼져라, 건강이여! · 황도순 ———— 135

건강을 되찾다 · 강린 ———— 149

여백의 시간을 쓰다 · 고민실 ———— 156

내 안의 다른 세계를 깨우다 · 김은영 ———— 167

웅크려 있던 나와 만나는 시간 · 박은미 ———— 178

낯선 세계와 만나다 · 김성희 ———— 187

100일 함께 걷기의 시작

나는
왜 함께
걷게 되었나?

나는 폐활량이 적은 편에, 기관지도 약하다. 두세 살 때부터 감기를 달고 살았는데 "어릴 때 병치레 한 애들이 장수한다더라"라는 말은 부모님의 희망이었을 뿐 늘 골골댔다. 몸 쓰는 것도 두려웠다. 초등학교 2학년 체육 시간에 뜀틀을 못 넘은 것이 트라우마로 남아 이후 운동을 싫어하게 됐다. 체육 시간이 되면 숨을 곳부터 찾았고 온갖 핑계를 대 교실에 남았다. 대신 관심 갖게 된 것이 바로 '책'이었다.

늘 책에 둘러싸여 있던 나는 내향적인 아이였다. 그러던 중 고질병이었던 감기가 비염이 되었고, 이후 수년간 이비인후과 신세를 져야 했다. 병원 진단에 따르면 비염의 원인은 진드기, 강아지 털이었다. 찬물과 에어컨 바람, 찬 공기에도 예민한 편이었다. 찬 체질에 영향을 미친 원인 중 하나가 바로 밀가루 섭취였다. 20대부터 30대 초반까지 나는 밀가루를 달고 살다시피 했는데 햄버거, 피자, 파스타, 분식류, 빵이 주식에 가까웠다. 이것들은 내 몸을 더욱 찬 체질로 바뀌었고, 저혈압 증세까지 나타나기 시작했다. 운동할 생각이나 식습관을 바꾸려 하진 않고, 찜질방을 찾고 내의 챙기느라 바빴다.

읽고, 먹고, 보기만 하다 보니 몸무게는 매해 늘었다. 야간 강의 후 야식 먹는 일이 잦아졌고, 급기야 62킬로그램을 넘기기도 했다. 몸 무게가 늘자 체력이 떨어지기 시작했다. 전보다 쉽게 피로하고 지쳤다. 체중 증가로 인한 대사 저하와 순환 문제였다. 이때, 귀인이 나타났으니 바로 함께 공부하는 조관호 씨였다. 20년간 기체조로 몸을 다져온 그는 각종 운동의 달인인 데다, 식습관 관리를 철저히 하기로 유명했다. 그는 내게 식습관을 한식으로 바꾸고 특히 두부 및 콩류를 많이 먹으라 권했다. 허기질 땐 고구마를 간식으로 먹으라는 조언도 잊지 않았다. 함께 도움을 준 이는 신기수 숭례문학당 대표였다. 배추류의 채식을 즐기는 그는 군것질, 패스트푸드를 멀리하며 날씬한 몸매를 유지해온 자기관리의 달인이었다.

두 귀인과 학당 동료들을 따라 나는 태어나 처음으로 산에 오르기 시작했다. "어차피 내려올 걸 뭐하러 올라가나?" "알록달록 등산복만 봐도 현기증이 난다"고 말하던 내가 계절마다 오색 등산복을 챙겨 입고 산에 오르내리길 3년. 그 사이 조금씩 몸도 회복되었다. 더디지만 체중도 감량됐고, 한식 위주의 식단을 먹다 보니 체온도 올라갔다. 전보다 추위도 덜 타고 비염 증세도 많이 줄었다. 약한 폐활량을 견디지 못해 산 중턱에서 하산하는 일도 잦았지만, 포기하지 않고 산 주변을 맴돌았다. 내 수준에 맞는 북한산 둘레길 코스도 걸었는데, 그때 처음으로 '걷기'야말로 나와 가장 잘 맞는 운동이라는 생각을 하게 되었다.

오르는 인간에서
걷는 인간으로

일생 운동과는 거리가 멀었던 내게 이 모든 변화는 시련과 고통의 연속이었다. 특히 어린아이들도 올라가는 산 앞에서 벌벌 떨 때는 수치심마저 느껴졌다. 한번은 동료들에게 처지기 싫어 수락산에서 뛰어가다 발을 접질러 무릎을 다치기도 했다. 상처를 치료받기 위해 드러낸 내 무릎은 이미 상처투성이였다. 어린 시절 자전거를 타다가 수도 없이 넘어진 실패의 흔적이었다. 유난히 균형 감각이 부족했던 나는 자전거를 못 타는 아이였다. 수십 번 무릎이 깨지면서도 중심을 잡지 못했다. 균형 감각이 문제인지 두려움 때문인지 아직도 나는 운전을 못한다. 운전대만 잡으면 좌우로 차체를 흔드는 날 보며 아버지는 "큰일 나겠다"며 만류하셨다. 실제로 큰 차 사고를 내기도 했다. 이런 내가 3년간 산에 오르내렸다는 건 기적에 가깝다. 심지어 아이젠을 착용하고 함백산, 한라산까지 올랐으니 초인적인 힘을 발휘했던 것이다.

문제는 지속성이었다. 산과 친해지려고 꽤 노력했으나 버거웠다. 그래서인지 나는 산 정상이 주는 희열에 매료되지 못했다. 위험을 무릅쓰고 경치를 보고 싶은 욕구가 간절하지 않았다. 나는 스릴과는 거리가 먼 안전 지향형 인간이었던 것이다. 그렇게 자연스레 나는

'오르는 인간'에서 '걷는 인간'이 되었다.

본격적으로 길에 나선 때는 2013년 5월 1일이다. 숭례문학당에서 함께 공부하는 동료 1명과 체중 감량을 목표로 서울 곳곳을 거닐기로 했다. 도구는 '걷기 좋은 서울길'이라는 스마트폰 애플리케이션이었다. 둘 다 길치인 데다 걷기에 능하지도 않았지만, 가벼워지겠다는 일념만은 분명했으니 일단 감행하기로 했다. 주 1~2회를 목표로, 사전에 도보 코스를 정하고 출발점에서 만났다. 가볍게 몸을 풀고, 짧게는 5~6킬로미터, 길게는 12~13킬로미터까지 걸었다. 당시 걷기의 목표는 체중 감량과 여행이었다. 한 달에 체중을 1킬로그램씩 감량하고, 지금껏 가보지 못한 서울 구석구석을 누비자는 포부로 길을 걷기 시작했다. 가벼운 간식을 나누고 헤어진 후엔 서로 식단을 공유하며 적게 먹기로 했다.

집에서 요가를 시작한 것도 그때부터인데 식욕 억제와 전신 순환에 좋다는 '쟁기 자세Halasana, 할라사나'를 연습하기 시작했다. 아사나(요가 동작)중 베스트로 꼽히는 쟁기 자세는 목과 어깨 근육을 풀어주고, 변비 해소를 돕고, 무엇보다 식욕 감퇴에 도움을 주어 다이어트 필수 동작으로 꼽히는 자세다. 움직임 자체가 명상이라 불리는 '아쉬탕가 요가'를 배웠는데, 그중 핵심 동작을 집에서 하는 것을 습관으로 안착시켜 나갔다. 이후 지금까지 난 매일 1시간씩 집에서 요가를 한다.

걷기와 요가, 식단 관리를 병행한 끝에 월 1킬로그램씩 약 10개월간 10킬로그램 체중 감량에 성공했다. 매일 식단을 기록한 덕에 밀가루 음식과 패스트푸드와도 멀어졌다. 혈압도 정상 범위로 돌아왔다. 등산엔 약했으나 걷기, 요가엔 강했으니 결국 내게 맞는 운동을 찾은 게 답이었다.

혼자 걷기에서
함께 걷기로

그러나 함께 걷던 동료가 없어지자 혼자 걸어야 했다. 일에 밀려 걷기는 또 다시 삶의 후순위가 되고 말았다. 바쁘다는 핑계로 택시에 올라타기 시작하면서 내 신체는 다시 무력해졌다. 유산소 운동 없이 요가로만 체력을 유지하는 건 힘들었다. 그도 그럴 것이 나이 서른이 넘도록 운동과 담쌓고 살았으니 남보다 배로 움직여야 했던 것이다. 걷기 습관이 사라지자 체력도 약해졌다. 특히 허벅지 근육이 빠지면서 장시간 서 있는 강의 후엔 피로감이 밀려왔다. 대책이 필요했다.

마침, 숭례문학당에서 마라톤 모임이 인기를 끌기 시작했다. 달리기를 택한 사람들이었는데 주기적으로 대회까지 나가며 결속을 다졌다. '뛰고 싶은 사람들이 있다면, 걷고 싶은 사람들도 있지 않을까?' 마라톤 그룹을 보며 떠올린 것이 바로 '100일 걷기' 모임이다.

모임 초기 인원은 14명이었다. 모두 웹에 올라온 공지를 보고 꾸준히 걷자는 마음으로 신청했다며 서로를 격려했다. 그런데 100일 완주자는 2명이 더해진 총 16명이었다. 중간에 합류한 이는 김성희,

김경희 씨. 식습관을 나누는 다른 모임에 참여했던 성희 씨는 꾸준한 걷기를 목표로, 경희 씨는 내 권유로 만났다. 두 사람 모두 중도에 참여했음에도 종착역에 잘 도착해 기쁨을 함께 나누었다. 함께 걷는 사이 내 몸에도 자연스레 변화가 일어났다. 전에는 5킬로미터면 족했는데, 점점 걷는 양을 늘리게 된 것이다. 40~50일쯤 되었을 때에는, 1일 목표 걸음 수가 1만 보가 되었다. 이후, 매일 숨 쉬듯 밥 먹듯 1만 보 이상은 걸으려 노력했다. 늘어난 운동량은 체중 감량과 근력 향상에도 긍정적 영향을 미쳤다.

한계치 상향 조정은 함께 걷기의 가장 큰 성취 중 하나다. 회원들은 모두 각자의 자리에서 부지런히 살아가는 생활인들이다. 그들 모두 소소한 일상을 나누며, 매일 걷기의 필요성을 절감했다. 때론 힘겹게 5킬로미터를 채웠다고 호소하기도 하고, 더 많이 걸을 수 없는 일상에 탄식하기도 한다. 그럼에도 함께한 약속을 지키려고 노력하는 모습을 보며, 회원들이 배우는 것은 다름 아닌 '태도'라는 것을 알았다. 사소한 취미에 그칠 수 있는 일, 때론 미룰 수도 있는 일에 최선을 다하려는 태도는 '울림'으로 확산됐다. 크고 작은 한계에 부딪칠 때마다 걷기 방에서 배운 '태도'를 떠올린다. 그러면 전에는 할 수 없는 일이라 여겼던 벽이 조금씩 허물어진다. 시간이 지나면서 각자의 목표도 수정된다. 처음에는 5킬로미터로 시작했지만, 6~7킬로미터를 넘어 9~10킬로미터까지 걷는 이들이 많아졌다. 함께 걷기의 위력이다.

걷기를
공유하다

"걸으며 생각하다 보니 제가 어떤 사람인지 알겠더라고요. 어떤 일에 자주 상처받고, 화내는 사람인지도요. 무의식적인 마음 습관이 이제야 보이는 것 같아요."

매일 1~2시간 걷기로 마음이 편안해졌다며 한 회원이 말했다. 40대 초반인 그는 두 명의 초등학생 자녀를 둔 남성이다. 늘 스트레스에 짓눌려 있었지만, 누구나 이 정도는 감수하며 살겠지 하고 말았다. 그런데 그게 조금씩 쌓이자 급기야 무력감이 찾아왔다. 무엇을 해도 즐겁지 않고, 매사에 의욕이 없었다. 전엔 쾌활하고, 긍정적이라는 얘기도 종종 들었는데 요즘은 피곤해 보인다, 가끔은 쉬어줘야 한다는 말만 듣는다. 오히려 그런 주변의 반응이 더 스트레스로 다가왔다.

그는 매일 걷기를 시작하면서 '자기만의 시간'이 얼마나 필요한지를 알게 됐다고 한다. 자신을 돌아보니 일어나서 잠들 때까지 혼자만의 시간을 가져본 일이 거의 없었다. 늘 회사 동료나 가족 누군가와 함께였다. 인간관계 스트레스는 여러 유형으로 나뉘는데 생존을 위한 관계가 최상위, 그저 그런 관계가 중간, 속내를 드러낼 수 있는 관계가 하위였다. 어쨌거나 관계 맺음의 피로도가 최고치에 올랐다는 사실을 혼자 걸으며 알게 됐다. 아침, 점심, 저녁마다 조금씩 걷는 그는 전보다 스트레스 지수가 낮아졌음을 체감했다. 자신이 사람들과 함께 있기보다는 홀로 있는 시간을 즐기는 성향을 가졌다는 사실도 깨달았다. 더 이상 스스로에게 '외향성'을 강요하지 않는다.

혼자 있는 시간을 사랑하는 그가 '100일 함께 걷기'에 참여하는 이유는 하나이다. 매일 혼자 걷는 것이 외롭기 때문이다. 고요와 평안이 그리워 나온 길이라도, 오래 걷다 보면 누구나 외로워진다. 운동 차 걷는 이들도 종종 눈에 띄지만 말을 걸긴 어렵다. 낯선 도보자와 친구가 되기란 쉽지 않은 일이므로 바로 그 지점에서 '함께 걷기'의 필요성을 알게 된다. 이 모임 안에서는 '오늘도 걸었다'는 사실만으로도 통한다. 걷기 결과를 '공유'할 때 걷기는 완전해진다. 걷기의 즐거움을 느끼고 지속 가능한 습관이 생긴다.

걷기가 좋다는 사실을 모르는 이는 없다. 특정 경우를 제외하고, 쉽게 할 수 있는 운동이기도 하다. 그럼에도 지속적으로 실천하긴 어렵다. 물론 여기서 말하는 걷기는 가벼운 산책 이상인, 건강을 돕는 운동으로서의 걷기다. 물론 이러한 걷기에도 어려움이 있으니, 크게 네 가지를 꼽을 수 있다.

첫째, 시간의 문제. 대한민국 사람이라면 누구나 바쁘다. 할 일은 태산이고, 시간은 없다. 무엇이든 단시간에 해결하려 한다. '초고속'

'초단기'라는 타이틀은 언제나 우릴 유혹한다. 걷기와 같은 느린 운동이 인기 있을 리 없다. 언제, 어떤 효과가 나타날지 모르는 걷기는 사람들이 선호하는 운동에서 쉽게 제외된다.

둘째 교통수단의 문제. 사회생활을 하는 이라면 누구나 하루에 한 번 이상은 교통수단을 이용한다. 버스, 지하철, 승용차 등 무엇이든 올라탄다. 가능하면 빨리, 편리하게 이동할 수 있는 교통수단을 찾다 보니 자연스레 몸은 소외된다. 조금만 걸어도 힘들고, 귀찮다.

셋째 노동 형태의 문제. 디지털에 잠식된 우리의 생활환경은 주로 '의자'에서 이뤄진다. 스마트폰과 컴퓨터는 우릴 앉게 만든다. 앉아서 읽고, 쓰고, 대화한다. 다수의 노동 현장 역시 의자로 구성된다. OECD 국가 중 연간 노동시간 최상위권을 자랑하는 대한민국 노동자 상당수는 자신의 인생을 의자에서 보낸다. 앉아서 시작한 하루는 앉아서 마무리한다. 몸 쓸 시간이 없다.

넷째 돈의 문제. 돈은 종종 현실에서 최상위 가치로 여겨진다. 빠르고, 간편하게 무엇이든 해결해주므로 몸이 아프면 병원에 가거나, 약을 찾는 것이 먼저이지, 근본적인 원인을 묻거나, 좋은 습관을 가지려 애쓰진 않는다. '저질 체력'이란 말을 달고 살면서도 임시방편에 기대거나, 타고난 체질이라 치부할 뿐 스스로 고쳐보려 하지 않는다. 그때뿐인 걸 알면서도, 우선 돈에 기댄다. 그리고 합리화한다. '비싼 값은 하겠지.'

이렇게 손쉽게 얻은 편리와 건강은 쉽게 허물어진다. 비용과 에너지를 쏟아붓지 않으면 회복하기 어렵다. 소진과 회복의 악순환이 계속되지만 대안을 찾는 것도 쉽지 않다.

이 난관을 뛰어넘는 운동이 바로 '매일 걷기'다. 하루 5킬로미터 (약 7~8천 보) 걷기 습관이야말로 소진과 회복이라는 악순환의 고리를 끊는 대안 운동이다. 이 책에 동참한 이들은 모두 걷기의 힘을 증언한다. 그들은 매일 걷기 습관이 그동안 돈과 속도와 편리에 중독된 삶에 놀라운 변화를 가져왔다고 말한다.

관계에 치이고, 스트레스에 짓눌리고, 망가진 몸을 일으키고 싶다면 걸어야 한다. 생각을 정리하고, 감정을 다스릴 '나만의 시간'이 필요하다면 걷자. 꾸준히 걷기 어렵다면 함께 걸으면 된다. "같이 걷자" "잘 걸었다" 등 당신을 격려하고 응원할 동료가 있다면 중간에 포기할 일은 없다.

100일은 습관을 익히는 최소 기간이다. 오랜 습관으로부터 몸과 정신을 회복시키고, 삶의 전환점을 맞이하는 최소한의 시간이다. 주 7일, 매일 5킬로미터 이상 걸으며 100일을 채우는 여정은 나와 만나는 여행이다.

> 사소한 근심거리와 몹쓸 조바심은 매일 걸으면서 조금씩 해결되었다. 머리가 정리되는 기분, 걷기의 축복이었다. 삶이 우울한가? 자신이 보잘 것 없다 생각되나? 그렇다면 걸어보자. 강렬히 살아 있음을 느낄 것이다. 오늘도 난 구두 대신 운동화 끈을 고쳐 매고 집을 나선다.
>
> – '100일 함께 걷기' 참여자 김승호

왜
함께
걷기인가?

10년 넘게 다양한 학습모임을 해온 내 관심사는 늘 '시공간의 제약'이었다. "가고는 싶은데 갑자기 일이…" "오늘은 몸이 좋지 않네요…" 피치 못할 사정으로 불참을 알리는 회원들을 보면 안타까웠다. 한번은 "책도 다 읽었는데 야근 걸려서 못 가 너무 속상해요"라며 인덱스 잔뜩 붙인 책을 사진으로 보낸 이도 있었다. 그때부터 나는 '상황이 어떻든, 모두가 참여할 수 있는 모임을 만들자'는 결심을 했다. 그렇게 2015년부터 본격적으로 SNS를 활용한 학습모임을 만들었다. 온라인 독서 토론, 영화 토론, 두꺼운 책 함께 읽기, 책 추천하기 등 다양한 문화 영역을 넘나들며 모임을 진행했다. '100일 함께 걷기' 전 워밍업이었던 셈이다.

'함께 걷기'는 모두 모여 동시에 같은 장소를 걷는다는 말이 아니다. 각자 하는 일, 상황이 다르니 같은 장소를 동시에 걷기란 당연히 불가능하다. 매일 각자 자유로운 시간에 걷되, 그 경험을 100일간 공유하는 모임이 바로 '100일 함께 걷기'다. 걷기 좋은 길과 걷기 단상을 공유하는 등 기록도 함께 나눈다.

어디에 살든 거주지는 문제가 되지 않는다. 매일 자정 안에만 기록을 올리면 되니, 마감 시간도 자유로운 편이다. 그날 동선 총 합산이 5킬로미터 이상만 되면 통과. 미달이라고 압박하는 이도 없다. "내일 더 걸으려고요"라는 한마디만 남기면 된다. 우리에겐 내일이 있으니까. 스트레스 없이, 즐겁게 참여해야 꾸준히 할 수 있기에 경청과 격려는 필수다.

함께 걷기에 참여하는 이들은 대략 걷기 초보자, 중급자, 고급자로 구분된다. 100일 함께 걷기가 시작점인 사람, 걷기는 좋아하지만 꾸준히 걷지는 못했던 사람, 하루 10킬로미터는 거뜬한 달인도 있다. 그렇다고 위축되거나, 경쟁하려 들진 않는다. 자기 속도를 유지하며, 서서히 향상된다. 모두 100일을 빠짐없이 걷기를 소망할 뿐, 가장 많이 걸은 사람이 되고 싶다거나, 가장 빨리 걷기를 원하지 않는다. 이렇게 함께 걷기 활동을 하다 보면 "혼자 걷기와는 정말 다르다"는 소감이 이어진다. 혼자 걷기와 함께 걷기의 차이점을 정리해보면 오른쪽 표와 같다.

혼자 걷기를 즐길 수도, 함께 걷기를 선호할 수도 있다. 자신에게 맞는 방식이 답이요, 길이다. 뚜렷한 차이점을 꼽으라면 역시 연대다. '여럿이 함께하며, 어떤 일에 책임을 진다'는 뜻의 연대의 의미는 고^故 신영복 선생께서 명징하게 언급하신 바 있다.

혼자 걷기와 함께 걷기의 차이점

혼자 걷기	함께 걷기
상황에 따라 자유롭게 걷는다.	운동량을 점차 늘릴 수 있다.
마감이나 기록 부담이 없다.	다른 사람의 걷기 활동에 자극받는다.
불규칙적으로 걷게 된다.	매일 걷게 된다.
자기 합리화에 빠질 수 있다.	미루는 습관이 줄어든다.
운동량이 정체될 수 있다.	오프라인 모임, 단상 쓰기 등 다양한
지루하거나 외로울 수 있다.	활동에 참여할 수 있다.

자기 변화는 최종적으로 인간관계로서 완성되는 것입니다. 기술을 익히고 언어와 사고를 바꾼다고 해서 변화가 완성되는 것은 아닙니다. 최종적으로는 자기가 맺고 있는 인간관계가 바뀜으로써 변화가 완성됩니다. 이것은 개인의 변화가 개인을 단위로 완성될 수는 없다는 것을 뜻합니다. 그리고 더욱 중요한 것은, 자기 변화는 옆 사람만큼의 변화밖에 이룰 수 없다는 뜻이기도 합니다. 자기가 맺고 있는 인간관계가 자기 변화의 질과 높이의 상한上限입니다. 같은 키의 벼 포기가 그렇고 어깨동무하고 있는 잔디가 그렇습니다.

– 신영복, 『담론』, 돌베개, 2015

신영복 선생에 따르면 자기 변화를 완성하는 최종 경로는 '인간관계'이다. 진정한 자기 변화에 이르려면 '관계 맺기'가 필요하다. 어떤 관계를 맺느냐가 삶을 변화시킨다. 100일 함께 걷기 참여자 모두 새로운 관계 맺기를 경험하고 변화를 겪었다. 무의식적인 습관과 동선을 낯설게 보게 됐다. "비로소 나 자신에서 빠져나온 느낌"이라고 말하는 이도 있었다. 함께 걸었던 사람 덕분이다. 같은 길을 걸으며, 시선을 주고받고, 이야기를 나누며 우리는 거듭났다. 20대부터 60대까지 전 연령층이 모여 함께 걷고 나누다 보니 다른 세대를 이해하는 창과 문이 열리기도 했다. 혼자 걷기로는 결코 이룰 수 없는 성취다. 결과보다 과정을, 빠름보다 느림을 좋아하는 행복한 거북이들. 바로 함께 걷는 사람들이다.

함께 걷기로 변화된 사람들

100일 함께 걷기를 운영하다 보면, 삶이 달라졌다는 이를 종종 만난다. 이 중 세 명의 워킹맘 사연이 기억에 남는다. 일과 살림이라는 두 과제를 오가다 보면, 건강도 자신도 잃어버리는 경우가 종종 있지만, 이들은 함께 걷기를 실천하며 놀라운 변화를 경험했다.

조선미 씨는 그간 자신의 삶을 "현대판 노예 직장인이자 한 가정의 주부였다"고 한마디로 요약했다. 버거운 삶의 무게는 그녀의 몸도 가라앉게 했고, 5분도 채 안 되는 거리를 20분 넘게 걸어야 하는 상태에 이르고 말았다. 그때마다 근본적인 원인을 찾지 못하고 '저질 체력'이라는 말로 스스로를 위로했다. 체중이 늘고, 안색도 어두워졌다. 그러다 알게 된 '100일 함께 걷기'는 큰 전환점이 됐다. 걷기를 시작하자마자 스마트밴드 핏비트fitbit를 구입해 팔에 찼다.

처음엔 5킬로미터도 버거웠지만, 30일쯤 걷자 서서히 활동량이 늘기 시작했다. 전엔 차만 타려고 했는데 이젠 웬만한 거리는 걸어

다닌다. 체중 감량과 함께 되찾은 건강은 자연스레 얻은 선물이었다. 사람에 대한 관심이 커진 것도 놀라운 변화다. 전엔 사람과 부딪치는 게 싫어서 혼자만 있고 싶어 했지만 이젠 이웃의 얼굴 하나하나가 눈에 들어온다. 가볍게 인사를 나누고, 미소 짓는 일까지 생겼다. "걷기를 하며 마음이 평온해진 결과"라고 그녀는 말한다. 살림에도 변화가 일어났다. 매일 걸으면서 장을 보다 보니 그만큼 신선한 재료로 음식을 해 먹게 되었다. 보관 음식이 줄어들고, 집 정리도 되니 절로 단순한 삶을 실천하게 되었다.

선미 씨의 걷기 습관은 가족에게까지 전파됐다. 집에서 가까운 공원, 수목원, 등산로를 함께 다니기 시작한 것. 전엔 움직이기조차 힘들어했던 자신이 이처럼 적극적으로 변한 것이 놀라울 따름이란다. 자연 속에서 가족이 함께 걸음으로써 더욱 친밀감이 생겼고, 자연스레 이야기를 나눌 시간도 늘었다. 그녀는 혼자 걸었다면 벌써 그만뒀을 일이라며, 함께 걷기 모임이 있었기에 계속 걸을 수 있었다고 말했다.

또 다른 워킹맘 김순임 씨는 매일 3시간을 출퇴근해야 하는 바쁜 삶을 산다. 운동을 좋아했지만 '숨 쉴 틈도 부족한' 일상이었기에 따로 움직일 수 없었다. 그녀는 정기 건강검진 때마다 "콜레스테롤 수치가 계속 올라가고 있다"는 진단을 받고도 대책을 세우지 못했다. 의사는 '꾸준한 운동'을 권했지만 일상은 더없이 분주했다. 그러던 중 걷기 모임을 시작하게 되었다. 그녀가 기대한 건 '마감'이었다. 매일 강제적으로라도 5킬로미터씩 걸으면 조금은 좋아질 거라 기대했다고 한다.

걷기 초반엔 5킬로미터를 채우느라 밤 걷기를 해야 했다. "방 안에서, 마당에서 왔다 갔다 했어요. 달밤에 체조한다는 말이 뭔지 알겠더라고요." 대중교통을 이용하는 직장인의 경우, 하루 5킬로미터는 약간의 노력만 보태면 불가능한 운동량은 아니다. 그럼에도 순임 씨에겐 쉽지 않은 거리였다. 이유는 그녀가 자동차로 출퇴근을 하기 때문이었다. 집에서 인천까지 대중교통으로 출퇴근한다면, 매일 7~8킬로미터는 걸을 수 있었을 것이다. 하지만 그럴 경우, 여러 번 환승하면서 3시간의 출퇴근 고행을 감수해야 했다.

놀랍게도 50일, 60일이 지나며 그녀의 걷기에 변화가 찾아왔다. 꽉 짜여진 하루 일정에서 나름의 걷기 노하우를 찾았다. 첫째, 낮에 활동할 때 '의식적으로' 걷는다. 계단 이용, 수시로 이동, 한 번 더 움직이기 등과 같은 작은 움직임이었다. 둘째, 점심시간에 걷기. 전엔 1시간을 이렇게 저렇게 그냥 흘려보냈지만, 지금은 30분 걷기를 실천한다. 소화도 잘 되고, 오후 업무 능률도 오르니 앞으로도 꾸준히 해볼 생각이란다. 체중이 크게 준 것은 아니지만, 체력이 향상된 듯해 만족스럽다고 한다. "이젠 걷기가 즐거워요. 더 바랄 게 없죠." 건강을 위해 의무적으로 걷기 시작했다는 그녀가 이젠 즐겁게 걷는다니 큰 변화다.

마지막 주인공은 윤희정 씨다. 30대 워킹맘인 그녀는 최근 경영 악화로 위기에 놓인 회사 때문에 걱정이 이만저만이 아니었다. 수시로 밀려드는 불안감은 그녀를 더욱 옥죄었다. 소화도 안 되고, 탈모 증세까지 나타났다. 13년을 다닌 회사가 쇠락해가는 모습을 보는 건

고역이었다. 스트레스를 풀 길이 없어 글쓰기를 시작해보기도 했다. 매일 뭔가를 끄적이며, 맺힌 감정을 풀어내니 조금은 편해졌지만, 그런 중에도 스트레스는 계속 늘었다. 책 읽고, 글 쓰는 정적인 습관을 벗어나기란 쉽지 않았다. 천천히 정적인 삶과 동적인 삶의 균형을 찾아보기로 했다. 그렇게 100일 함께 걷기를 시작했다.

희정 씨는 매일 '저녁 걷기'를 하기로 했다. 지친 퇴근 길, 재충전을 위한 1시간을 마련한 것이다. 집에 들어가면, 다시 나오지 않으리란 걸 알기에 집 주변 걷기 코스를 찾았다. 5년을 살았는 데도, 동네에 무관심했음을 알게 됐다. 동네에 관심을 가지자 눈길 한 번 안 줬던 산책 길이 조금씩 보이기 시작했다. 매일 저녁, 고즈넉한 단지 사이로 뻗은 아담한 산책 길을 100일 동안 걷는 사이, 회사는 고비를 넘겼다. 언제 다시 위기가 닥칠지 모르니 안심할 순 없지만, 전보다 상황은 나아졌다.

달라진 건 회사만이 아니다. 희정 씨 심경에도 변화가 찾아왔다. 정년퇴직까진 아니더라도, 임원까진 승진하겠다는 13년 동안의 꿈과 작별하기로 했다. 길을 걸으며, 자신이 진정 좋아하는 것이 무엇인지 한 번도 생각해보지 않았다는 사실을 알게 된 것이다. 임원이 되면 행복할까? 그것을 꿈이라 말할 수 있을까?' 내면의 소리보다 타인의 시선을 중시해온 희정 씨는 이제 원점으로 돌아가, 자신을 찾는 중이다. 그녀는 걷기로 '잃어버린 자신'을 찾았다고 말한다.

회사와 가정을 오가며, 쫓기는 삶을 살던 그녀들의 이야기야말로 놓쳐버린 건강, 자신을 회복한 리얼 다큐가 아닐 수 없다.

2장
함께 걷기,
SNS부터 오프라인 모임까지

모임 운영자를
위한
자기 관리법

주변을 보면 '함께 걷기' 모임을 꿈꾸는 이들이 꽤 많다. "함께 걷기를 운영해보고 싶은데 어떻게 해야 하나요?" "예전에 모임하려다 실패해서 다시 할 수 있을지 자신이 없어요." "전 소극적인 편이라 잘 리드할 수 있을지 걱정이에요." 고민의 깊이도 다르다. 대체로 이들이 모임을 운영하려는 이유는 자기가 해보니 너무 좋아, 함께하고 싶다는 것이다. 나는 작은 도움이라도 될까 해서 다음과 같은 방법을 알려주곤 한다.

첫째, 운영자만의 자기 관리법을 보여주자. 매일 꾸준히 하는 것은 기본, 2퍼센트의 차별점이 있어야 한다. 다른 회원들은 자정 가까이에 걷기 결과를 올릴 때, 운영자는 규칙적인 시간대에 기록을 올린다던가, 걷기 단상을 쓴다던가 하는 실천이다. 이를 보며 회원들은 자극받고, 더 열심히 참여하게 된다.

나는 모임원 중 처음으로 스마트밴드를 사용해, 걷기의 새로운 방식을 제안했다. 덕분에 핸드폰을 들고 걸어야 하는 거추장스러움에서 벗어날 수 있었다. 이후 회원 중 다수가 스마트밴드로 옮겨갔다. "전보다 훨씬 편하게 걷는다"며 뜨거운 반응을 보였다. 내가 쓰는 스마트밴드는 '핏비트' 초기 모델이라 심박수는 나오지 않지만 소모 칼로리, 걸은 거리, 걸음 수, 수면 체크, 식단 관리 등 다양한 기능이 있다. 팔찌처럼 차고 있으면 저절로 체크되니 편리하다. 또 핏비트를 차고 걸을 땐, 그 시간만큼이라도 핸드폰과 멀어져서 좋다. 양팔을 더 크게 흔들 수 있어서 전신에 보다 많은 자극을 준다.

또 걷기 단상을 올리는 게 뜸하다 싶으면 운영자가 주기적으로 간단하게라도 올려본다. 명문이 아니라도 좋다. 내가 걸으며 만난 풍경이라면 무엇이든 글감이 된다. 메모가 힘들 땐 사진도 좋다. 무료한 일상을 지내는 이들에겐 작은 쉼표가 된다.

둘째, 몸 상태를 꾸준히 체크한다. 하루 이틀 걸을 순 있지만 매일 걷기는 쉽지 않다. 이는 스스로에게 "성실하겠다"는 약속이요 각오와도 같다. 하루도 거르지 않고 매일 걷기가 어디 쉬운 일인가. 역시나 100일 함께 걷기에 참여한 이들의 면면을 보면 성실성이 읽힌다. 운영자 역시 매일 걷기에 충실한 모습을 보여야 한다. 이때 꾸준히, 지속적으로 걷는 것이 어떤 변화를 가져오는지 스스로의 몸을 면밀히 관찰해보는 것이 좋다. 걷기는 빠른 성과가 드러나는 운동이 아니기에 모두 지칠 수 있기 때문이다. 모임 운영자가 먼저 자신의 몸을 관찰하는 모습을 보여주면서 어떤 변화가 일어나는지 공개, 공유해본다.

내가 가정용 인바디를 구입한 것도 이런 이유다. 매일 아침 인바디에 올라가 몸 상태를 체크하고, 블루투스로 연결해 핸드폰으로 결과를 확인한다. 근육량, 체지방, 내장지방도가 측정된다. 전날에 비해 어떤 변화가 생겼는지 비교해본다. 많이 걷고, 식단 관리도 잘하고, 요가까지 꼼꼼히 한 날과 그렇지 않은 날은 분명 결과치가 다르다. 바쁜 아침, 자신의 몸 상태를 체크하고 공유하는 습관은 결코 쉽지 않다. 안 좋은 결과가 나올까 두렵기도 하다. 그럼에도 모임의 활성화에 도움이 되는 습관이라면 실천하려 한다.

셋째, 식습관을 기록한다. 식습관을 기록하는 스마트폰 애플리케이션은 많다. 섭취한 양까지 정확한 기재하면, 칼로리 계산이 자동으로 되므로 자신의 식단이 어떤 상태인지 확인할 수 있다. 무의식적으로 먹기보다, 어떤 음식을 얼마나 먹고 있는지 기록하다 보면 절제하게 된다. 물론, 가끔은 맛있는 음식을 먹으며 무아지경에 빠지는 시간도 필요하다.

식습관을 기록하면 전체 몸 상태를 조금 더 객관적으로 진단할 수 있다. 예컨대, 많이 걷고 다른 운동까지 더한 날 근육량과 체지방이 잘 나오지 않는다면 좌절할 수도 있다. '도대체 뭐가 문제지? 걷기는 효과가 없는 건가? 이렇게 혼자 걷는다고 뭐가 나아지나? 트레이너를 찾아 가야 하는 게 아닐까?' 등의 유혹에 사로잡히는 것이다. 이때 결정적으로 관찰해야 할 '식습관'이 빠졌단 사실을 알아채야 한다. 아무리 많이 걷더라도, 근력 운동을 보태지 않거나 식습관이 불균형하다면 좋은 결과가 나올 리 없다.

일례로, 하루 2만 보 이상을 걸은 날이 있는데, 고열량 피자와 파스타를 저녁으로 먹은 결과 체지방이 1만 보도 못 걸은 전날보다 높게 나오기도 했다. 이때 내가 식단 기록을 소홀히 했다면 좌절하거나 지치지 않았을까 싶다. 물론 누구나 근육량이나 체지방 때문에 걷는 것은 아니다. 그저 걷는 습관이 좋아서 걸을 수도 있다. 하지만 매일 하는 운동이 몸에 어떤 변화를 일으키는지 궁금한 것은 본능이다. 운영자부터 이런 작은 습관을 익히고, 공유하다 보면 모임에 활력이 된다. 스스로에게 좋은 것은 물론이다.

모임의 주 소통 수단이 SNS다 보니 '피상적 관계 맺기'라는 벽을 경계하게 된다. 가벼운 한두 마디, 이모티콘으로 이어지는 관계에 진실을 기대하기란 어렵다는 이도 많다. 여러 학습모임을 운영하는 나 또한 우려하는 점이다. 그럼에도 시공간의 제약으로 만날 수 없는 이들을 연결해주는 공간이 SNS라는 사실을 부정할 수는 없다. 방법은 하나. 온라인 교류에서도 '최선'을 다하는 것이다.

'최선'이란 키워드를 의식하고 안 하고에 따라 상황은 크게 다르다. 예컨대 한 회원이 이런 메시지를 띄웠다고 치자. "오늘은 5킬로미터도 못 채웠네요. 많이 걷는 분들 보면 부럽기만 합니다. 상황도 안 좋지만, 제 게으름을 탓하는 게 먼저일 듯해요. 죄송합니다." 자연스레 뒤따라오는 메시지 "힘내세요!" "저도 많이 못 걷지만 꾸준히 하려고요" "자책하지 마세요, 화이팅!" 정도이다. 이제 운영자가 한마디 할 차례이다. 무의식적으로 '힘내라'는 이모티콘을 날리는 건 '최선'의 태도라 할 수 없다. 메시지를 올린 이의 마음을 헤아리고, 그 이면의 고민까지 짐작해 진심을 담은 메시지로 답하는 것이 최선이다.

"많이 속상하셨죠. 매일 걷기란 누구에게나 쉬운 일이 아닙니다. 걷기는 삶의 중심이 아니라, 어느 언저리에 자리할 수 있으니까요. 5킬로미터면 7천 보 가까이 되는 거리입니다. 그것도 대단한데, 그이상 걸을 수 있는 사람은 하루 이틀 걸어본 게 아니라 생각합니다. 이 모임으로 걷기 시작한 것이 아닌, 걷기가 몸에 밴 분들이 아닐까해요. 지금도 잘하고 계세요. 회원님은 지금도 걸으려 애쓰고, 주어진 상황에서 최선을 다하고 계신 걸요. 저도 운영자지만 때론 5킬로미터가 벅차답니다. 자책은 금물! 자신을 사랑하세요.^^"

나는 때로 종이에 직접 초안을 쓰고, 수정 보완해 그룹창에 글을 올리기도 한다. 한글 문서에서 교정 교열을 볼 때도 있다. 멋있어 보이는 글을 올리려는 것이 아니라 마음을 나누고 싶어서다. 문장 하나에도 진심을 담을 수 있다. 온라인으로도 섬세한 관계 맺기는 가능하다.

내 온라인 글쓰기의 기원은 개인 홈페이지 '눈목닷컴'으로 거슬러 올라간다. 10여 년 전 어느 날, 문득 읽고 쓰고 경험한 이야기를 글로 쓰고 싶어졌다. 누구에게 보이기 위한 글이 아니었다. 삶을 정리하고, 감정을 해소하는 차원의 글쓰기였다. 그렇게 5년 가까이 운영한 개인 홈페이지에서 만난 이들과 깊은 교류를 했다. 지금까지도 연락하며 관계를 이어온 이들도 있다. 나와 같은 취향, 관심사를 가진 누군가와 만나고 싶은 마음이 강렬한 사람들은 오프라인 모임에도 참석했다. 오래 만나온 친구들보다 더 깊게 교감했다.

네이버 파워블로거가 된 후에도 다양한 사람들을 만났다. 쪽지, 댓글, 이메일로 주고받은 사연도 많다. 지금은 10여 개 넘는 카카오톡 그룹방을 운영한다. 그럼에도 늘 '사람'이 먼저임을 잊지 않으려 한다. 자질이나 숙련도보다 중요한 것은 바로 사람을 아끼는 마음이다. 내 뜻대로 따라오지 않는 회원들에게 적개심을 품거나, 실망하기 시작하면 운영은 불가능하다. 감정은 글이든 말이든 어떤 식으로든 드러나기 마련이므로, 어떤 순간에도 마음이 무너지지 않게 스스로 살피고, 지켜야 한다.

독서 모임을 운영해오면서 얻은 지혜는 바로 '토론자에게 기대하지 말자'이다. 모임에 다 나올 것이라는, 책을 다 읽어 오리라는, 토론을 잘할 것이라는 기대 말이다. 이런 기대는 실망과 상처로 이어진다. 자연스럽게 '상처받지 말자'라는 다짐도 따라온다. 소멸되고 망각되는 상처도 있지만, 곪고 뒤틀리는 상처도 있다. 상처는 미움으로, 증오로 확장되기도 한다. 인간관계에 회의감이 들 수도 있다. 여린 마음, 좁은 마음, 그늘진 마음 모두 우리 삶의 일부임을 부정할 순 없지만, 운영자라면 경계해야 할 일이다.

10명으로 시작한 걷기 모임이 있다고 하자. 처음엔 서로를 격려하고, 기대하는 분위기다. 100일 완주를 위해 다른 취미는 내려놓겠다는 이도 있다. 그러다 30일쯤 지나면 소강상태를 보인다. 초반에 올라오던 걷기 단상도 줄어들고, 걷기 사진도 보기 힘들다. 모두 지쳤는지 단순 기록만 올리는 분위기다. 그런 중에 기록을 안 올리는 이가 생긴다. 개인 톡을 보내도, 공개 톡을 띄워도 반응이 없다. 그러다 어느날 갑자기 연락이 온다. "저 그간 바빠서 잘 올리진 못했는데, 이번 모임에 나가도 될까요?"

당신이 운영자라면 어떻게 반응하겠는가? 그간 당신의 메시지에 일체 응답 없던 회원이다. 대개 다음과 같이 대응할 것이다. 얄미운 마음에 답을 하지 않거나 회신을 늦게 한다. 답변하지 못한 이유를 완곡하게 묻고, 다음엔 꼭 회신달라고 부탁하는 것도 잊지 않는다. 아무 일 없다는 듯 환영한다며 두 팔을 벌린다. 각자 처한 입장, 상황에 따라 다른 선택을 할 것이다. 이때는 상대를 배려하면서도, 참여를 유도하는 반응을 고민해야 한다.

팀 분위기에 맞는 피드백도 필요하다. 이런 경우도 있다. 주로 하루에 5~7킬로미터를 걷는 팀이 있다. 그런데 유독 1명만 10킬로미터 이상을 걸어 모두의 부러움을 산다. 게다가 그는 직장인이다. 다들 "회사 다니면서 어떻게 걷느냐"고 물으면 대답은 늘 한결같다. "계속 움직여요." 보다 구체적인 비결을 알고 싶어 했던 회원들은 순간 무력해질 수도 있다. 당연히 "대단해요"라는 반응뿐이다. 이럴 때 운영자는 어떻게 대처해야 할까. 오랜 걷기가 습관인 듯하니, 우리도 꾸준히 걷자고 격려한다. 조금만 더 자세히 습관을 공유해주시면 좋겠다고 더 부탁해본다. 다른 회원들처럼 "대단해요"라는 격려로 더 반응한다.

운영자라면 회원들의 궁금증을 해소시켜줄 적절한 반응을 궁리해야 한다. 순발력, 재치, 판단력도 필요하다. 여러모로 SNS 플랫폼은 운영자를 성장시킨다. 댓글 하나 쓰기도 힘들어했다면, 이를 바로 글쓰기 연습의 기회로 삼아보자.

운영진의
역할

회원이 몇 명이든 운영진은 최소 2인으로 구성하길 권한다. 총괄 진행자인 운영자와 서브 진행자로 부운영자를 꾸린다. 운영자는 모임 개설과 추진, 큰 틀에서 운영 방안을 세우고 이끌어나가는 역할이다. 부운영자는 내부 살림을 맡는다. 팀 내의 크고 작은 일을 살피고, 매일 기록을 관리한다. 운영자와 부운영자는 주기적으로 전체 기록을 공유한다.

'100일 함께 걷기'는 무려 100일간, 매일 어떤 식으로든 관계 맺기를 하는 공간이니 운영진의 역할이 더욱 중요하다. 연속적으로 참여하는 몇 사람을 제외하면 대부분이 신규 회원이니 서로 낯설 수도 있다. 기록도 천차만별이다. 한번은 기록을 '0'이나 '1'로 올린 이도 있었다. 걷기는 했으나 측정에 실패한 것이다. 이런 경우, 자신의 입장을 설명할 수 있도록 도와야 한다. 불성실하다는 오해를 살 수도 있기 때문이다.

운영자와 부운영자의 역할

역할	업무	세부 사항
운영자	• 모임 기획, 공지, 홍보 • 회원 유치 • 이벤트 추진 • 오프라인 모임 기획 및 진행	• 다양한 홍보 채널 모색 • 기존 팀보다 업그레이드 된 이벤트 기획 • 걷기 좋은 길, 탐방코스, 카페, 맛집 발굴 및 답사
부운영자	• 회원 관리, 소통 • 매일 기록 관리 • 전체 기록 관리	• 회원 신변 관찰 및 대응 • 뒤처지는 회원 격려 • 각 회원들의 기록 변동 관찰

이를 비롯한 다양한 상황마다 운영진의 역할이 중요하다. 사안에 따라 해당 회원과 일대일로 대화를 나눠 상황을 알아보거나, 공개적으로 무슨 일이 있었는지 물어보기도 한다. 회원이 모임 활동을 하는데 지장이 없도록 빠른 대응이 필요한 것이다. 운영진 중 누구라도 유연하게 대처하면 좋다. 시종일관 그룹창을 보고 있는 게 아니기에, 다른 글이 올라오면 놓칠 수도 있기에 운영자와 부운영자 모두의 역할이 중요하다.

막상 100일 함께 걷기가 시작되면, 운영자는 걷기 프로그램 기획과 이벤트 추진에 집중하게 된다. 오프라인 모임은 사전 공지를 해놓고 장소는 '미정' 처리해둔다. 이후, 곳곳의 걷기 좋은 길을 직접 걸어보며, 회원들과 함께 걸으면 좋은 길이 어디인지, 걷기 장소에 쉬기 적당한 카페가 있는지 알아본다. 도보 후엔 건강한 밥과 분위기 있는 카페로 이동한다.

부운영자의 역할도 크다. 부운영자는 크고 작은 회원 간의 교류를 위한 일을 맡는다. 카페와 밥집에서 나누는 이야기보다는 길에서 회원들의 말동무가 되어주는 것이 좋다. 무엇보다 운영진의 성격에 따라, 서로 지치지 않게 돕고 교감해야 한다.

걷기 모임의 부운영자 류경희 씨는 회원들이 올리는 걷기 기록을 모아 현황표를 만들어 공유했다. 이와 같은 기록표는 고비가 찾아왔을 때 회원들에게 힘을 줄 수 있다. 자정 이후에 회원들의 기록을 정리했는데, 그 거리만 기록해도 회원들의 유형이 보인다. 꾸준히 7~8킬로미터를 걷는 회원이 있는가 하면 기복이 있는 회원도 있다. 직장의 업무량에 따라 걷기 거리가 좌우되는 이도 많았다. 그럼에도 모두 하루 목표량 5킬로미터를 기준으로, 자신만의 리듬에 맞춰 걷고 있다.

100일 함께 걷기 현황표를 보면, 회원들의 상황을 짐작하고 안부 인사를 건네는 것도 가능하다. "에구, 넘 바쁘셔서 몸 상하시겠어요. 건강 챙기면서 일 하세용~ 파이팅이요!" "감기가 심하신가 보네요. 따뜻한 쌍화차라도 한잔 하고 푹 쉴 수 있는 시간 되세요." "감기 얼른 나으세요." 길지 않은 안부에 회원들도 화답한다. "감사해요." "얼른 나아 건강한 걷기 할게요." 회원들끼리도 서로 격려하고 힘을 실어준다.

걷기 현황표는 10일에 한 번씩 카톡 그룹창에 공유한다. 10일에 한 번 공유하는 걷기 현황표는 경쟁심을 조장하지 않는다. 오히려 서로의 조력자가 된다. 10일 동안 어떻게 걸었는지 한눈에 들어오니 회원 스스로도 자신의 걷기를 관리하게 된다. '아, 내가 10일 동안 이렇게 열심히 걸었구나!' 무엇보다 함께하는 회원들이 서로에게 격려를 아끼지 않는다. 이처럼 걷기 현황표는 경쟁심보다는 회원들을 부드럽게 자극하는 데 도움이 된다. 그리고 각자의 상황을 체크할 수 있어 현실적인 목표를 설정하게 도와준다.

운영진 외 큰 역할을 하는 이들도 있다. 바로 충성회원이다. 100일을 넘어 200일, 300일까지 걷는 이들이다. 모임의 살림 이모저모를 돕는다. 충성 회원은 운영진이 놓치는 일들을 챙기고, 새로운 회원이 모임에 정착할 수 있도록 돕는데, 그들이야말로 없어서는 안 되는 모임의 운영진이라 할 수 있다.

신입 회원인 강유인 씨는 "지친 일상에 활기를 얻고자 모임에 신청했다"고 했다. 나도 새롭게 알게 된 회원이라 더욱 신경 쓰고 있던 상황이었다. 열심히 따라오는가 하면, 어떤 날은 걷기 자료를 못 올리기도 했다. 그런 그녀를 챙긴 이들이 바로 충성 회원들이었다. "유인 님, 오늘은 힘내서 걸으세요!" "유인 님, 요즘 바쁘신가봐요. 그래도 조금씩 걸어보아요!"라며 격려 멘트를 띄웠다. 이후 그녀의 행동도 달라지기 시작했다. 회원들이 신경을 써준 데 대한 고마움인지 꾸준히 동참해 100일을 완주했다. 모임 초반 침묵으로 일관했던 것과 달리 50여 일이 지나면서 적극적으로 대화에 참여하기도 했다.

낯가림이 심해서, 바쁜 일정에 밀려 활동이 저조한 회원들도 더러 있다. 운영진이 꼼꼼하게 챙기면 좋지만, 어려운 상황도 있다. 이때 위로와 격려를 나누는 이들이 바로 충성 회원들이다. 이들이 모임에 보태는 힘은 생각 이상으로 크다. 기수가 늘 때마다 한두 명씩 빠지기도 하는데, 그 빈자리가 얼마나 큰지 그제서야 체감한다. 운영진에 대한 믿음, 소속감으로 응원을 아끼지 않는 충성 회원들이야말로 함께 걷기의 지원자이자 버팀목이다. 함께 걷기는 한둘의 노력이 아닌 전체가 하나 되어 만들어낸 걸음의 울림이요, 동료와의 만남이다.

코스
안내

100일 함께 걷기 오프라인 모임이 주로 이루어지는 곳은 서울이다. 경기도 거주자를 포함해 주로 수도권이다. 지방이나 해외 거주자는 SNS 위주로 활동한다. 제주 올레길을 완주한 적도 있지만, 대부분은 서울 내에서 걷기 좋은 길을 고른다. '100일 함께 걷기' 팀과 걸었던 코스를 공유한다.

연남동 걷기

번잡한 홍대를 벗어나, 연남동을 걸어보자. 홍대역 1번, 3번 출구에서 멀지 않은 곳에 연남동이 있다. 연남동 공원(경의선 숲길)을 걷고 싶다면 3번 출구로 나온다. 바로 앞에 출판사 문학동네에서 운영하는 카페꼼마가 있으니 구경해도 좋다. 책을 좋아하는 사람이라면, 한참 머무르게 된다.

이제 연남동 방향으로 내려가면 '빵꼼마'도 있다. 빵순이라면 지나치기 어려운 핫 플레이스. 여기서 우측 편으로 건너가면 편집숍 '어쩌다 가게'로 넘어간다. 카페, 책방, 미용실, 한약방 등 작은 가게가 한데 모여 있는 흥미로운 공간이다. 종일 놀아도 지겹지 않은 어른을 위한 놀이터다. 이 중 1층 우측에 위치한 '책방 탐구생활'은 책을 좋아하는 이라면 한 번쯤 들러볼 만한 장소다.

이곳을 지나 공원 중심으로 쭉 걷다 보면 작게나마 메타세콰이어 숲이 이어져 운치 만점이다. 가을엔 은행나무 천국이 되니, 사진 찍기 좋은 장소이기도 하다. 아이들이 뛰노는 맑은 냇가도 있어, 도심 속 자연을 만끽할 수 있다. 한참 걷다가 방향을 틀어 한의사들이 운영하는 약다방 '봄동'에 들러봐도 좋다. 이곳에는 족욕과 체질에 맞는 한방 차가 준비되어 있다. 어디를 어떻게 걷더라도 2~3시간 동안 즐겁게 오가기 좋은 사랑스런 연남동이다.

서촌 걷기

문학 애호가라면 서촌을 걸어보자. 경복궁역에서 출발해 이상 집터부터 들른다. 이상이 살았던 집터가 보존된 이곳은, 이상 시집을 읽으며 느긋한 시간을 느껴볼 수 있는 소담스런 공간이다. 이어 수성동 계곡으로 직진하다 보면 윤동주 하숙터도 있다.

수성동 계곡을 타고 도심 속 녹음을 느낀 뒤, 청운문학도서관까지 이동하면 한옥으로 지은 멋진 도서관을 만날 수 있다. 각종 문화공간으로 활용되기도 하는 이곳은, 바람 쐬고 가기 좋다. 다시 도서관 초입으로 가면 윤동주문학관이 나온다. 서촌 문학 기행의 최종 코스라 할 수 있다. 시인 윤동주의 삶을 오롯이 느낄 수 있는 문학관이니 꼭 한번 들러보길 바란다. 마지막은 부암동이다. 자하손만두는 기본, 유명 카페 거리를 오가며 부암동 걷기를 만끽해보자.

남산 걷기

남산은 남측 순환로와 북측 순환로 중 어느 쪽으로 가는가에 따라 다른 분위기의 길이 펼쳐진다. 한 번에 다 돌기가 어려우면 2회로 나눠 코스를 짜도 된다. 국립극장 앞에서 모여 입구에서 가볍게 몸 풀기를 하고 남측과 북측으로 나눠 걸어도 좋다. 특히 각종 꽃이 만개한 봄의 남산은 도심 속 휴양지로 손색없다. 남산도서관으로 이어지는 소월길은 꼭 한번 걸어보길 바란다. 무심히 뻗은 좁다란 내리막길 사이에 앉아, 김소월의 시를 읊어 보는 건 어떨까.

성북동 걷기

성북동은 서울에서 가장 걷기 좋은 문화 역사 탐방지 중 한 곳이다. 미술사가 최순우 선생이 살던 '최순우 옛집'부터 시작, 한용운의 심우장, 법정스님과 백석을 떠올리게 하는 길상사까지 놓쳐서는 안 될 유명 코스가 넘친다. 중간중간에도 시인 조지훈, 작가 염상섭의 집터 등 볼거리가 가득하다. 몸에 좋은 밥집 '무명식당'도 있으니 꼭 들러보자.

예전에 동두천시립도서관과 함께 진행한 '길 위의 인문학'으로 30여 명의 참여자들과 성북동 걷기를 진행했다. 최순우 옛집과 길상사를 들르는 코스였다. 참가자 모두 "바쁜 일상에서 벗어나, 온전히 힐링하는 시간이었다"며 만족했다. 가족, 연인, 친구 등 누구와 걸어도 좋은 곳이다. 아니 혼자 걸어도 좋은 길이다.

제주 걷기

'100일 함께 걷기' 팀과 걸었던 제주는 남달랐다. 올레길 중 한 코스를 완주하는 것이 목표였던 우리는 8코스를 걷기로 했다. 평소 걷기를 좋아하던 사람들이지만, 오름과 해안을 거치는 걷기는 결코 쉽지 않았다. 비교적 걷기 좋은 4월이었으나 제주는 이미 여름이었다. 쉬엄쉬엄 걸으며, 이야기를 나누고 맛집도 들렀다. 느리게, 오래, 보고 느끼려 했다.

함께 올레길을 걸은 사람들은 남다른 친밀감으로 연대했다. 힘들어하는 사람은 끌어주고, 걸음이 느린 이는 기다려주었다. 평소에 하지 못한 이야기도 길에서는 풀렸다. 말동무가 바뀌는 것도 긴 도보의 특징이다. 화제를 바꿔가며 자신의 이야기를 하고, 다른 이들의 삶을 듣는 시간이었다. 렌트 하우스에서 직접 조식을 해먹기도 했다. 밤이 되면 좋은 영화 한 편을 골라 함께 보고 토론했다. 자기 전엔 함께 요가도 했다. 그리 오래 걸었는데도 피곤하다고 하는 이가 없었다. 매일 두 발로 걸으며 비, 바람, 물, 돌이 되어 제주의 일부가 되고 싶다고 했다. 최고의 제주여행이었다.

3장
함께 걷기의 기술

걸으면서
다이어트 하기

스마트밴드를 적극 활용하라

100일 함께 걷기 중반을 넘었을 때 나는 '핏비트 차지'라는 스마트 밴드를 구입해 활용하기 시작했다. 매일 핸드폰 어플로 도보량을 측정하다 보니 불편한 점이 많았다. 걸음을 기록하기 위해서 무거운 스마트폰을 손에 들고 다녀야 하는 것이 가장 불편했다. 스마트밴드는 핸드폰 없이 기록이 되고, 핸드폰 어플을 켰을 때 동기화가 되어 편리하다.

핏비트 차지는 손목시계 형태로 하루에 소모된 칼로리, 걸음 수, 운동량을 실시간으로 확인할 수 있다. 더불어 나처럼 다이어트에 관심이 많은 이라면 자신이 목표로 한 체중 감량치를 입력하고 매일 식단을 기입하면 보다 철저히 관리할 수 있다. 또한 숙면하지 못하거나 좋은 수면 습관을 갖고 싶은 이에게도 권한다. 핏비트를 차고 자면, 수면 시간과 깨어난 횟수, 뒤척인 횟수까지 기록이 된다.

또한 1주일 단위로 나의 생활 습관을 통계 내 자료로 보내주기도 한다. 메일로 도착한 핏비트 통계 자료를 보면, 일주일간 내가 어떻게 생활했는지 한눈에 알 수 있다. 일종의 '미니 트레이너'라 할 수 있다. 식단 조절은 하루 총 소모 칼로리에 좌우되므로, 더 많이 먹고 싶은 날은 더 많이 움직이면 된다. 단, 전자파가 우려되니 하루 한두 번은 풀고 있는 것이 좋다. 스마트밴드 착용 전후의 걷기 활동을 비교하면 다음과 같다.

스마트밴드 착용 전후 비교

스마트밴드 착용 전 걷기	스마트밴드 착용 후 걷기
• 매일 핸드폰으로 동선을 체크하니 휴대가 불편 • 손에 핸드폰을 들거나 주머니에 담다 보니 동작에 제한 • 단순 걷기 기록만 체크됨 • 핸드폰 배터리 관리에 예민해짐	• 핸드폰에 구애받지 않고 자유롭게 걷다 • 팔과 어깨를 더욱 자유롭게 움직이며 걷다 • 걷기 외 수면, 식습관, 수분 섭취량 등도 기록 • 작은 걸음도 기록

돈 안 들이고 살 빼는 다섯 가지 비결

미디어가 부추기는 다이어트 대부분은 산업 논리다. 〈한겨레〉에 소개된 '다이어트 성공기'(http://m.hani.co.kr/arti/society/health/710589.html)만 보더라도 PT, 닭가슴살, 샐러드 등 온통 소비를 권하는 다이어트뿐이다. 모두 일시적 감량에 필요한 도구일 뿐 주체적 운동 습관을 길러주지는 못한다. 미디어에 소개된 다이어트에 의존하다 보면 요요, 폭식, (단기적 감량으로 인한) 노안이라는 부작용에서 자유로울 수 없다. 뷰티 프로그램 역시 마찬가지다. 운동법만 알려줄 뿐 감량을 방해하는 주범인 '식습관'은 언급하지 않는다.

무엇보다 주체적 생활 습관이 필요하다. 다음은 수년간 터득한 돈 안 들이고 살 빼는 다섯 가지 비결이다.

첫째, 유료 운동을 멀리하라. 돈 들이는 운동은 그때뿐이며, 의존율을 높일 뿐이다. 자립심과 절제 없이 체중 감량은 불가능하다.

둘째, 매일 10분이라도 규칙적으로 할 수 있는 운동을 찾아라. 정적인 성향이라면 요가를 추천한다. 아쉬탕가 요가의 경우 전신 대사와 다이어트에 효과적이다. 특히 태양 경배(체지방 제거, 전신 순환) 자세, 물고기 자세(만병통치 자세라 불릴 만큼 전신 대사에 도움을 준다), 양초 자세(어깨로 서기, 전신 혈액순환, 두통 제거), 쟁기 자세(갑상선 기능 향상, 식욕 조절, 피로 회복)를 추천한다.

셋째, 식습관을 고쳐라. 몸을 망치는 5대 악을 근절한다. 밀가루, 패스트푸드, 디저트와 믹스 커피(또는 탄산음료), 육류(습관적 육류 섭취), 술(습관적 술자리)을 멀리하고, 매일 1.5리터 이상 수분을 섭취하고 6시간 이상 수면을 하면 한 달에 1~2킬로그램 정도의 감량은 거뜬하다.

넷째, 가능하면 저녁 7시 전에 식사를 하라.(이후에 찾아오는 허기는 견과류와 한방 차로 달래기를 추천한다.)

다섯째, 기록하라. 매일 식단과 운동량을 기록해 자신이 무엇을 먹고, 어떻게 움직이는지, 즉 어떻게 살아가는지를 정확하게 살펴보는 것이다.

비싼 운동 코치를 믿지 말라. 오직 믿을 건 자신뿐이다. 핸드폰 메모 기능에 매일 식습관과 운동량을 기록하고, 가능하면 누군가와 이를 공유하라. 일시적 감량이 아닌, 일생을 가볍고 건강한 체질로 살 수 있다.

김민영

직장인의
걷기
습관 들이기

직장인들은 걷기만을 위한 시간을 확보하는 것이 어렵다. 하지만 출퇴근길이나 회사에서 활동을 많이 하기 때문에 목표한 운동량을 채우기가 쉬울 수도 있다. 출퇴근길에 혼자 걷기, 회사에서 동료들과 함께 걷기, 집에서 가족들과 함께 걷기를 시작해보자. 바쁘다고, 피곤하다고, 시간이 없다고 투덜거리기보다는 일상 속에서 한 가지라도 실천해보자. 생활 속 작은 행동 하나가 삶을 변화시킨다. 혼자보다는 둘이, 둘보다는 여럿이 함께하면 더 즐겁고 오래할 수 있다.

출퇴근길 걷기를
생활화하자

바쁜 직장인들의 경우, 평일에 따로 시간 내기가 어렵다. 회식과 약속, 그리고 야근이라는 변수가 퇴근 후 걷기를 자주 방해한다. 어쩌다 일찍 퇴근했어도 집에서 다시 나와 걷는 것이 귀찮을 때가 많다. 퇴근 후에 따로 시간을 내기보다는 아침저녁 출퇴근길 걷기 습관을 들여보자. 아침에 10분 일찍 일어나서, 저녁에는 회사 일을 10분 더 일찍 끝내고 걸어보자. 마을버스를 타는 대신 버스 정거장에 내려서 집까지 걸어도 좋다. 처음에 시간을 만드는 것이 어렵지만, 마음먹기에 달려 있다. 기상 알람 시간을 10분 일찍 맞춰두는 것부터 시작해보자.

메신저 대화명이나
프로필 사진을 바꿔보자

걷기에 대한 호기심 유발할 수 있는, 개인 혹은 회사 메신저 대화명과 프로필 사진을 바꿔보자. '하루 5킬로미터 걷기—50일차'와 같은 대화명을 보고 먼저 관심을 보이는 동료나 지인이 있을지도 모른다. 그리고 걷기를 하면서 찍은 사진을 프로필 사진으로 자주 교체한다면 더욱 호기심을 유발할 수 있다. 여러 마디의 말보다 나의 관심사와 실천을 통한 변화들을 자연스럽게 알릴 수 있다. 만약 관심을 보이는 동료가 한 명이라도 있다면 같이 시작해볼 수도 있다.

점심시간에 동료들과
함께 걸어보자

보통 직장인들은 점심을 먹고 나서 남은 시간을 동료들과 커피를 마시거나 자리에 앉아서 인터넷 등을 하면서 보낸다. 날씨가 좋다면 회사 주변을 산책해보자. 점심 후 혼자 걸어도 좋지만 커피를 들고 동료들과 담소를 나누며 걷는 것도 좋다. 산책하기 좋은 길이나 장소가 있다면 함께 걷기가 더 쉽다. 주변에 맛집이 있다면 자연스럽게 시도해봐도 좋다. 의외의 제안에 동료들도 좋아할 수 있다. 일단 같이 걸어보자고 말을 건네보자. 회사에서 걷기 동무가 생기면 매일 걷기가 더 쉬워진다.

가족이나 지인들에게
만보기 어플을 권해보자

함께 사는 가족들이 스마트폰을 사용하고 있다면 함께 만보기 어플을 설치하고 매일 얼마나 걸었는지 비교해봐도 좋다. 나의 경우, 시어머니께 만보기 어플을 설치해드렸는데 생각보다 좋아하셨다. 매일 얼마나 걸었는지 확인하시면서 신기해하신다. 나보다 더 많이 걸었다면서 은근히 자랑하시기도 한다. 매일 만나는 회사 동료들에게도 적극적으로 권유해보자. 아침에 출근하면서부터 퇴근할 때까지 서로 얼마나 걸었는지 비교해보는 것만으로도 서로에게 좋은 자극이 될 수 있다.

틈새 시간을
공략해보자

되도록 엘리베이터보다는 계단을 이용해보자. 그리고 화장실 다녀오는 시간에 스트레칭도 한번 하고, 조금 돌아서 자리로 돌아오자. 티끌 모아 태산이라고 이렇게 조금씩 걸었던 거리를 모아보면 꽤 된다. 회사에서 매일 걷는 목표 거리를 정해놓고 중간중간 점검해보는 것도 좋다. 회사 동료가 만보기 어플을 설치했다면 서로 비교하며 틈새 걷기를 더 많이 하자고 권해보자. 사무직은 온종일 앉아서 일하는 경우가 많은데 중간중간 휴식 시간이 필요하다. 걷기를 통해 휴식 시간을 만들어보자.

실내 걷기로
보충하자

늦잠 잔 날, 버스나 자가용 이용을 할 수밖에 없는 날, 비나 눈이 많이 온 날 등 실외 걷기를 방해하는 요인은 많다. 이럴 때는 TV나 영화를 보면서 실내 걷기를 해보자. 걷기가 부족한 날은 퇴근 후 아이들에게 함께 걷자고 하는 것도 좋다. 아이들 손에 스마트폰을 쥐어주고 같이 걸으면 덜 지루하다. 실내 걷기가 익숙해지면 설거지를 하거나 빨래를 널면서도 제자리 걷기가 가능해진다. 밖에서 많이 못 걸은 날에는 일상생활 속에서 만회할 방법을 찾아보자.

가족들과 함께
동네를 걷자

직장인에게 주말은 꿀맛 같은 휴식 시간이다. 약속이 없다면 집에서 편안하게 TV 보기로 시간을 보내고 싶은 날이 많다. 하지만 주말만큼 걷기 좋은 때도 없다. 가족과 함께 시간을 보낼 수 있으니 일석이조다. 멀리 나갈 필요는 없다. 주말에는 가족과 함께 동네를 산책해보자.

미리 산책할 코스를 정해도 좋고 못 가본 길을 탐방해보는 것도 좋다. 오래 살았지만 잘 몰랐던 동네의 보물들을 발견할 수 있을 것이다. 나의 경우, 동네 아이들의 쉼터이자 동네 사랑방 역할을 하는 어린이도서관과 1983년에 문을 연 1인분에 1,000원 하는 떡볶이 가게를 알게 된 것이 산책이 준 선물이라 할 수 있다. 내가 사는 동네를 잘 안다는 것은 이웃에 대한 또 다른 관심의 표현이다. 동네에 단골 가게 하나 만들어두고 인사를 건넬 수 있는 이웃이 있다는 것도 기분 좋은 일이다.

박은미

자가운전자를
위한
걷기 팁

생활환경이 어떻든 매일 5킬로미터 이상을 걷는다는 것은 현대인으로서 쉬운 일이 아니다. 특히 승용차로 출퇴근하는 사람은 차를 버리지 않는 이상 충분히 걷는다는 것이 거의 불가능하다. 하지만 차의 장점을 이용하면 매일 걷기도 충분히 가능하다.

운동화와 물을
가지고 다니자

옷은 가급적 편한 복장으로 입고, 언제든지 걸을 수 있도록 운동화를 가지고 다닌다. 걸을 때는 꼭 물통을 챙겨라. 수분을 보충할 뿐만 아니라 피곤을 덜 느끼게 되며 물 마시는 습관까지 들이게 되어 일석삼조다. 걷기와 물 마시는 습관으로 얼마든지 건강을 챙길 수 있다. 아니, 그것은 건강을 챙기는 최선의 방법이다.

틈새
시간을 만들자

다음 사항을 생활화하면 특별히 시간을 내지 않아도 회사에서만 4~5킬로미터를 확보할 수 있다.

- 평소보다 20분 일찍 출근하여 근무 시작 전에 1.5킬로미터 정도 걸어둔다.
- 회사에서는 엘리베이터 대신 계단을 이용하여 0.5킬로미터 정도 확보한다.
- 점심은 가급적 먼 곳에 있는 식당을 선택하고, 돌아오는 길에는 우회하여 최대한 거리를 확보한다. 1시간 이내에 식사 후 걸을 수 있는 최대 거리는 1.5킬로미터 정도다.
- 누군가를 만날 때에도 '걷기가 몸에 좋으니 같이 걷자'라고 양해를 구하고 걸으면서 대화를 나눈다. 여건이 허락한다면, 동료와의 골치 아픈 미팅도 걸으면서 해본다. 서로 기분이 좋아지면서 일이 잘 풀릴 가능성이 커진다.
- 회식이나 저녁 술 약속이 있는 날에는 약속 장소에 조금 빨리 가서 미리 걷는다. 또 다음 날 걷기를 위해 술도 자제한다.

주말을 활용하라

하루쯤 쉴 수도 있겠지만 평일 부족분도 보충하고 걷기 습관도 다질 겸 2시간 이상 시간을 내어 충분히 걸어보자. 토요일과 일요일 이틀간 하루 10킬로미터 이상 걷는다면 1일 평균 거리를 7킬로미터 수준으로 끌어올릴 수 있다. 7킬로미터는 1만 보에 해당된다.

실내 걷기로
부족한 운동량을 채우자

미세먼지가 심하거나 춥고 비가 오는 등 바깥 활동이 어려울 경우에는 실내 걷기를 할 수밖에 없다. 실내 걷기는 제자리에서 걷지 말고 왕복 달리기를 하듯 빠르게 걷는다. 하지만 제자리걸음은 목표 거리는 채워질지 몰라도 운동량은 현저히 떨어진다. 헬스장의 러닝머신은 권하고 싶지 않지만 이런 날에는 어쩔 수 없다. 또 집 안에서 사소한 심부름이나 청소 같은 일을 도맡아 한다. 그렇게 몸을 부지런히 움직이다 보면 하루 5킬로미터가 어느 순간 편하게 다가온다.

상황에 맞게 목표치를
조정해보자

승용차로 출퇴근 시 이동이 거의 없는 경우에는 하루에 5킬로미터가 적당하다. 반면 대중교통으로 출퇴근을 하면 보통 2킬로미터 이상은 걷게 되므로 7킬로미터를 목표로 하는 것이 좋다.

황도순

주부들의
걷기
실천법

처음 하루 5킬로미터 걷기를 처음 시작할 때는 어느 정도의 거리인지 감이 잡히지 않는다. 아이를 키우는 주부라면, 아이들을 유치원이나 학원에 데려다주며 많이 걷는다고 생각하기 쉽다. 또 집안일을 할 때의 움직임도 상당하다. 하지만 걷기를 위한 시간을 따로 만들기는 쉽지 않다. 어린아이를 둔 주부가 일상생활에서 걷기 운동을 할 수 있는 방법으로는 무엇이 있을까?

아이와 함께 걷기

하루 종일 분주히 돌아다녔지만 5킬로미터를 다 채우지 못했을 때에는 밤에 거실을 걸어 다닌다. 아이들이 엄마 잡기를 한다고 따라 걷는다. 저녁 8시경이면 분주한 엄마와는 달리 아이들에게는 엄마와의 놀이 시간이 시작된다. 좁은 거실을 셋이서 함께 걸으면 집 안에 웃음소리가 퍼진다.

　밖에 나가지 않고 집에서만 노는 아이, 평일엔 학교와 학원을 다니느라 바쁜 아이를 위해 도서관 나들이를 가도 좋다. 엄마와 아이가 함께 걸어가면서 주변도 구경하고 책도 읽게 되어 일석이조다.

　주말에는 책을 읽고 밀린 집안일을 하느라 걸을 시간이 더 없다. 5킬로미터를 채우기 힘든 주말에는 바깥에 나가서 아이들과 놀아주며 부족한 양을 채운다.

　일상생활 걷기도 좋지만 공원을 걷거나 동네 둘레길을 걸으며 자연을 느끼는 것도 좋다. 엄마가 해설사가 되어 동네 자연과 마을의 역사를 이야기하며 걸어보자. 갈림길마다 안내 푯말이 있어 아이들이 방향 표시를 따라가는 재미도 느낄 수 있다.

골목길 걷기

아이가 혼자 학교와 학원을 다닐 수 있더라도 하굣길에 일부러 마중을 간다. 갑자기 나타난 엄마를 보면 아이는 신이 날 것이다. 아이와 단둘이 걸으며 학교 이야기, 친구 이야기도 나눌 수 있다. 그리고 마중갈 때는 지름길이 아니라 좀 더 돌아가는 길로 가본다. 처음 가보는 골목길을 통해 걷기의 또 다른 재미를 발견할 수 있을 것이다.

　오랫동안 한 곳에 살면서 익숙한 길, 넓은 길, 편한 길, 빠른 길로만 다니다 보면 다른 곳을 가볼 일이 없다. 먼 길로 돌아 가다 보면 늘 가던 길이 아닌 안 가본 길을 가게 되고, 남들이 다 아는 길이 아닌 자신만의 길이 만들어진다. 그 과정에서 골목길의 작은 시장과 오래된 작은 맛집을 발견하는 것은 덤이다.

실내 걷기 방법

보통 실내에서 걷는 것은 운동이라고 생각하지 않는다. 그러나 건강검진에서도 '하루에 30분 이상' '숨이 차면' 운동이라고 규정하고 있다. 바빠서 걷기가 턱없이 부족한 날에는 실내에서라도 걸어보자. 30분 이상 걸으면 땀도 나고 호흡도 빨라진다. 달밤에 체조라지만 늦은 밤 방 안에서 실내 제자리걷기로 운동 효과를 얻어보자. 추천하고 싶은 구체적인 운동 방법은 다음과 같다.

작은 소리에도 민감한 아파트에 산다면 밤 10시가 넘은 시간에는 아래층에 소리가 울리지 않게 이불을 깔고 그 위에서 빠른 속도로 제자리걸음을 한다. 핸드폰을 손에 들거나 바지 주머니에 넣고 러닝머신 위를 걷는 느낌으로 팔을 열심히 흔들며 걷는다.

그냥 걷는 게 지루할 때는 밀린 메일을 읽거나, 텔레비전을 보며 걸어보자. 지루하지 않게 오랜 시간 걸을 수 있다. 설거지를 하면서도 걸을 수 있는데, 처음에는 다리에 신경 쓰여 설거지하는 것이 어색하지만 익숙해지면 이것도 좋은 운동 방법이다. 청소기를 돌릴 때도 주머니에 핸드폰을 넣고 움직이고 빨래를 널 때도 가만히 서서 너는 것이 아니라 제자리걸음을 하면서 빨래를 너는 방법도 있다.

김은영

새로움을
발견하게 하는
걷기의 힘

'100일 함께 걷기'는 나의 몸 상태를 파악하고, 더 깊이 사유하는 방법이자 새로운 것을 발견할 수 있는 도구이기도 하다. 걷기는 내가 어디에 서 있는지를 깨닫게 한다. 마을을 걸으면서 미처 보지 못한 오래된 것을 찾는 재미도 쏠쏠하다. 삶을 더욱 풍성하게 해줄 걷기에 대한 나만의 팁을 몇 가지 소개한다.

아무 생각 없이
걸어보자

현대인은 너무 분주하게 산다. 직장인, 학생, 주부 모두들 바쁘고 생각도 너무 많다. 하루에 한 번쯤은 생각을 비우고 천천히 걸어보자. 하지만 생각 없이 걷기란 쉽지 않다. 해야 할 일, 주변에서 벌어지는 일들로 금방 마음이 복잡해진다. 그럴 때는 호흡에 집중하며 천천히 걷는다. 복식호흡은 머릿속에 떠오르는 생각을 잦아들게 한다. 걸음 수를 100부터 1까지 거꾸로 세며 걷는 것도 좋다. 그러다 보면 숫자가 사라지는 순간이 온다. 그럴 때는 그냥 세지 말고 걷는다.

거꾸로 걸어보자

거꾸로 걷기는 다리 뒷부분 근육을 강화시켜서 균형을 유지하게 한다. 근력 강화와 발바닥 스트레칭에도 효과가 있다. 일반 걷기보다 운동 효율도 30퍼센트 정도 더 높다. 단, 5분 이내가 적당하다. 5분 거꾸로 걷고 잠시 쉬었다가 다시 걷는다. 평지나 공원이 아닐 경우 거꾸로 걸으면 위험하므로 안전에 주의해야 한다.

추울수록 더 열심히
걸어보자

겨울에 걷기는 힘들다. 영하 10도 이상 내려가는 날에는 아예 밖에 나가기가 겁이 날 정도다. 하지만 매일 5킬로미터 이상 함께 걷기를 하다 보면 겨울 추위가 물러가는 것을 느낄 수 있을 것이다. 겨울 걷기는 움츠러든 몸에 활력을 준다. 마음을 단단히 하고 일단 15분만 걸어보자. 몸에 땀에 나기 시작하고 기분이 상쾌해진다. 사람에 따라 추울 때 걷는 것이 오히려 더 좋을 수 있다. 나의 경우가 그렇다. 걷기를 시작하면서 추위와도 친구가 되었다.

중간 쉼터를 정해놓고
걸어보자

막연하게 걷거나, 너무 먼 곳을 목표로 삼으면 걷기도 전에 지칠 수 있다. 걷는 중간에 쉼터가 있으면 훨씬 여유가 생긴다. 동네 약수터, 나무 의자, 초소 등 평소에 무심코 지나치던 어느 지점을 쉼터로 정해두고, 그곳에서 머물다가 다시 걷는다. '오늘은 그 약수터에서 물 한 모금 마셔야지' '그 군인 초소에 가서 인사 한번 해야지' '그 오래된 나무 의자에 앉아 쉬어야지' 등 중간 쉼터는 목표를 더 쉽게 달성하게 만든다. 걷다 쉬는 그곳에서 더 풍성한 성찰이 이루어지기도 한다.

가지 않았던 길도
걸어본다

내가 사는 동네는 서울 종로다. 오래된 곳이라 걷기 좋은 코스가 많다. 그러나 함께 걷기를 시작하기 전에는 우리 동네가 그렇게 걷기 좋은 곳인 줄 몰랐다. 하루는 인왕산 성곽 길을 따라 걷고, 하루는 독립공원 길을 걷고, 어떤 날은 아파트 사잇길을 찾아 걷는다. 언덕 길이라 힘들다고 늘 차로 다니던 그 길이 그렇게 운치 있는 길일 줄이야! 그 언덕 위에 있는 작은 체육공원도 걷다가 발견했다. 또 한 번도 가보지 않았던 골목길에서 숨 쉬는 것들을 만난다. 막다른 골목안의 담쟁이넝쿨, 이끼 낀 담장에 비치는 햇살에서 생명의 신비를 발견한다. 길은 많지만 길은 하나로 통한다. 막히면 돌아가면 된다.

코스를 조금만 바꾸어 걸어도 새로움을 느낄 수 있다. 성곽 안의 가꾸어진 길로만 다니다가 성곽 밖의 좁은 길로 걸으면서 성곽을 비추는 조명, 푸르게 자라난 보리를 발견했다. 성곽과 공원만이 좋은 코스는 아니다. 아파트 동과 동 사이도 다 길이 다르고 걷는 맛이 다르다. 성냥갑 같았던 아파트 사잇길도 걷기 시작하면 다 다르게 다가온다.

탐방하는 마음으로
걸어보자

마을의 역사와 전통을 공부한 후 길을 걸으면 마을이 생생히 다가온다. 마을을 걷다 보니 곳곳에 피어 있는 우리 들풀과 토종 꽃에도 눈길이 가기 시작한다. 환경 등 생태계에 대한 관심도 많아진다. 마을은 넓고 이야기할 것은 너무 많다.

내가 사는 동네는 성곽이 참 많다. 이러한 성곽도 공부하고 걸으니 정말 새로웠다. 세조 때 축성된 성곽, 세종 때 보수된 성곽, 숙종 때 보수된 성곽, 그리고 70년대에 다듬은 성곽 등. 돌의 색깔과 쌓은 기법도 다 달랐다. 마을을 찾아온 벗들에게 성곽 앞에 서서 멋들어진 해설을 했다.

무심코 지나가던 광화문 뒷길, 일본대사관 앞에 세워진 평화의 소녀상을 만났다. 일본군 위안부 할머니들의 아픔, 우리 민족의 수난의 역사가 마음 깊이 다가왔다. 광화문에만 가면 그 소녀상이 떠오른다.

만들고 싶은 마을을 그리며 걸어보자

내가 운영하는 '살림의 집'에서 아이들과 부모가 함께 우리 마을에 있었으면 하는 것들을 큰 전지에 그려본 적이 있다. 산골 약수터, 생태 공원, 지압 길, 모험 코스, 숲속 놀이공원, 삼림욕 목욕탕 등 많은 아이디어들이 나왔다. '우리 마을에서 가장 추억이 깃든 장소'에 대해 이야기를 나눈 시간에는 첫사랑과 함께했던 옥경이슈퍼 골목, 매일 아이를 데려다주던 상록수유치원 앞 샛길 등 제각각 정겨운 추억들을 떠올렸다.

마을을 걷는 시간이 많아지면 많아질수록 곳곳에 애착이 생기고, 마을의 비전을 이루고 싶은 열정이 생긴다. 이웃은 함께 마을을 만드는 사람이 되고, 낯선 곳의 이방인이 아닌, 어릴 적 추억과 이야기가 있는 마을의 주인공이 된다. 이렇듯 함께 걷기는 사회적 실천으로 이어진다.

김성희

식단
공유하기

5킬로미터는 그리 부담되는 거리는 아니다. 하지만 1킬로미터를 걷는 데 대략 10분 정도의 시간이 소요되기 때문에 최소 50분 정도의 시간이 필요하다. 그렇다면 5킬로미터를 더 쉽게 채울 수 있는 방법은 없을까. 나에게 걷기의 가장 중요한 포인트는 '따로 운동을 했다는 부담을 갖지 않는 것'이었다. 걷기를 하면서 찾은 몇 가지 팁을 공유한다.

식단 공유로
걷기의 효과를 더하다

다이어트에서 가장 중요한 것은 '식단'이다. 아무리 운동을 많이 한다고 해도 먹는 음식이 바뀌지 않으면 '건강한 돼지'가 될 뿐이다. 나는 건강 때문에 걷기를 시작했지만, 이왕이면 다른 사람들처럼 다이어트 효과도 보고 싶었다. 그래서 더 효과적인 '걷기'를 위해서 몇 가지 계획을 세웠다.

그렇게 시작한 식단 공유하기는 현재까지 이어지고 있다. '100일 함께 걷기'를 같이 하고 있는 동료들 중 2명과 따로 단체 그룹창을 만들어 함께 식단을 공유하기 시작했다. 방법은 간단하다. 하루에 먹은 음식을 일지 형식으로 지인들과 카톡 그룹창에 공유하는 것이다.

식단 공유의 예

1. 11(월)
아침 - 미역국 한식, 수제 요거트
점심 - 갈치조림 정식, 귤 2개
저녁 - 초밥 10개
간식 - 라떼 1잔
운동 - 걷기 7킬로미터, 요가 30분

1분만 투자하면 누구나 쓸 수 있다. 전문가들의 다이어트 일지처럼 세세한 칼로리까지 적진 않았다. 그러려면 식사의 양과 함께 칼로리를 계산해야 하고, 기록 자체에 스트레스를 받을 것 같아 간략하게 적었다. 그저 오늘 먹은 음식을 알아볼 수 있는 정도로만 공유했다. 누군가와 내 음식 정보를 공유한다는 것은 나의 의지를 공유하는 일이기도 하다. 그래서 빵과 초콜릿을 간식으로 먹으면 카톡 그룹창으로 공유하는 것이 부끄럽게 느껴지기도 했다. 자연스럽게 하루 종일 먹는 것에 신경을 쓰게 되었다. 그렇게 일주일을 보내자 식사 때가

되면 한식이 생각나고, 어떤 한식을 먹어야 맛있을까를 생각하게 되었다. 시간이 없다며 빵이나 다른 밀가루 음식으로 때우던 날은 줄어들었다. 한식 목록으로 채워진 나의 식단이 자랑스러웠다.

식단을 공유하면서 기존에 가지고 있던 식습관에 대해서 다시 한 번 생각하게 되었다. 내가 가지고 있는 나쁜 식습관을 파악하고 바꾸면서 가장 경계해야 할 것이 있었다. 바로 무리하지 않는 것. 갑자기 바꾸거나, 먹는 즐거움마저 포기해야 한다면 쉽사리 요요가 올 게 뻔했다. 걷기 운동을 시작했을 때처럼, 식습관도 건강을 위해서 '따로 다이어트를 했다는 부담을 갖지 않는 것'에 중점을 두기로 했다.

나쁜 음식 줄이기

바쁘다는 핑계로 섭취했던 밀가루 음식과 초콜릿을 줄이자, 우선 비염이 사라지기 시작했다. 예전부터 밀가루 음식과 초콜릿을 줄여 보려고 노력했으나 쉽지 않았다. 업무로 스트레스를 받다 보면 달콤한 것이 더 생각났다. 하지만 음식에는 좋은 당을 가지고 있는 것들도 많다. 내 입맛을 대체할 건강한 음식을 찾다 보니 나쁜 음식을 서서히 줄일 수 있었다.

나에게 맞는 좋은 음식 찾기

초콜릿이 아닌 좋은 당을 찾아보자. 다양한 과일과 견과류로 간식을 대체한다. 맛도 더 다양하고 훌륭하다. 하다 보면 건강한 당을 찾는 재미도 쏠쏠해진다. 귤과 딸기, 바나나, 감, 말린 과일 등 몸에 유해한 성분을 섭취하지 않고도 당을 충전할 수 있는 방법은 많이 있다.

무조건 건강에 좋은 음식을 섭취하기보다, 나에게 맞는 맛있는 음식을 찾는 것에 집중했다. 그리고 인공적인 것보다 자연식으로 대체하려 했다. 수제 요거트도 내가 좋아하는 간식이다. 우유만 부어서 만드는 수제 요거트는 방법도 간단하고 유산균까지 섭취할 수 있어 면역력을 기르는 데 도움이 된다. 처음에 수제 요거트 맛이 적응이 되지 않는다면, 메이플 시럽을 약간 추가해도 좋다.

건강한 음식을 파는 식당 알아보기

요즘 웰빙 바람을 타고 건강한 음식을 파는 음식점들이 많아지고 있다. 맛집을 찾아보는 것도 하나의 재미가 될 수 있다. 일주일에 한 번 정도 맛집을 찾으면 건강한 음식에 대한 미각도 키울 수 있다. 몸에 안 좋은 초콜릿과 밀가루 음식을 사느라 쓰는 돈을 생각하면 건강한 음식을 찾아 먹는 것이 낭비라는 생각은 들지 않을 것이다. 어쩌면 군것질하느라 쓴 지출이 더 많을지도 모른다. 만만치 않은 과자 가격을 생각하며, 나쁜 음식에 지나친 돈을 쓰기보다 좋은 음식에 투자하는 것은 어떨까? 건강한 맛집을 찾는 '투자'는 건강한 몸이라는 '이윤'을 남긴다.

저강도 운동 꾸준히 하기

격한 운동과 다이어트를 해본 사람이면 누구나 운동 후에 찾아오는 공복 때문에 과식, 폭식을 해본 경험이 있을 것이다. 오늘 열심히 운동을 했다는 생각이 드는 순간, 음식에 대한 고삐가 풀린다. 최근 연구 결과에 의하면 고강도 운동만 하는 사람보다 저강도 운동을 함께하는 사람이 꾸준히 살을 뺄 수 있다고 한다. 고강도 운동은 되려 스트레스로 인한 코르티솔 분비를 촉진시킨다고 한다. 코르티솔 분비가 촉진되면 더 살이 찌는 것이다. 그래서 스트레스를 받지 않는 저강도 운동인 걷기가 효과적이다.

함께 걷기에서
함께 요가하기로

'100일 함께 걷기'와 '식단 공유'로 어느 정도의 변화를 느낀 나는 또 다른 변화를 위해서 '함께 요가'를 시작했다. '100일 함께 걷기' 모임의 리더인 선생님의 제의로 특히 몸이 안 좋은 몇 명이 모여서 하게 되었는데, SNS로 요가 동작을 공유하기도 하고, 일주일에 한 번은 만나서 몸의 이곳저곳을 스트레칭한다.

걷기가 아니었다면 식단 공유와 '함께 요가'까지 시작할 수 있었을까. 걷기를 통해서 몸을 생각하고 다이어트를 하는 것이 거창한 것이 아니라는 것을 알게 된 나는 더 이상 두렵지 않다. 조금만 더 신경 써서 걷고, 좋은 음식을 먹고, 운동을 한다. 그 조금의 노력이 얼마나 큰 결과를 가져오는지 알게 되면서, 함께하는 이들의 격려 역시 큰 힘이 된다는 것을 느꼈다. 이렇게 걷기로 시작했던 나의 건강 습관들은 조금씩, 꾸준히, 여전히 늘고 있다.

강린

운동,
물 마시기,
수면 기록법

기록은 역사다. 걷기 기록은 현재의 나를 점검하고 앞으로 나아가게 하는 좋은 원동력이 된다. 기록이 쌓이면 잘못된 점을 바로잡고 장기적인 계획을 세울 때 훌륭한 참고 자료가 된다. 나는 '100일 함께 걷기'를 하며 매일 걸은 거리와 소요 시간을 기록했으며, 필요에 따라 수분 섭취량과 수면 시간, 걷기 단상도 추가해 관리했다. 걷기량은 핸드폰에 어플을 깔아 기록했고, 나머지는 잊지 않기 위해 틈틈이 메모하거나 외웠다가 한꺼번에 엑셀로 정리했다.

거리 기록

걷기를 시작하고 20일간은 평균 6킬로미터를 걸었고 20일부터는 의식적으로 조금씩 거리를 늘려 30일차에 접어들어서는 평균 7킬로미터를 걸었다. 집에 있는 시간이 많아 생활 걷기가 거의 없었던 나는 걷기를 운동처럼 했고 연속해서 1시간 반에서 2시간 정도는 걸어야 성이 찼다. 나이키 러닝 어플에서 1킬로미터마다 음성 피드백을 받을 수 있게 설정한 뒤 7킬로미터가 될 때까지 멈추지 않고 걸었다.

집으로 돌아오면 엑셀을 열어 전날과 비교하며 그날의 기록을 작성했다. 8킬로미터 이상으로 늘리고도 싶었지만, 체력적으로 부담이 크고 근육통이나 시간 관리 등 일상생활에 영향을 미쳤기에 욕심내지 않았다. 실제로 90일차에는 평균 10킬로미터를 걷기도 했는데, 후반부였음에도 근육통으로 꽤 고생했다. 사실 '100일 함께 걷기' 그룹방에서는 경쟁을 부추기지 말자는 분위기가 형성되어 있어서 무리할 필요도 없었다. 각자 자신에게 맞는 방식과 속도로 걷고, 서로를 격려하고 이해해주는 성숙한 문화 없이는 불가능한 일이었다.

- 걸은 거리와 시간은 핸드폰에 만보기 어플이나 러닝 어플만 깔면 쉽게 확인할 수 있다. 어플을 열어 확인할 수도 있지만 오래된 기록을 제공하지 않는 경우가 있으니, 체계적인 관리를 위해서는 따로 표를 작성하는 것이 좋다.
- MS 엑셀을 사용하면 따로 표를 만들지 않아도 되고, 합계 및 평균 등의 함수를 활용할 수 있어서 편리하다.
- 열흘이나 한 달 간격으로 평균을 내어 비교해보면 변화가 한눈에 들어온다.

운동 기록

매일 유산소 운동(걷기)을 하다 보니 무산소 운동에 대한 관심도 저절로 증가했다. 몸에 근력이 없는 사람은 쉽게 지치고 피로해진다. 걷기 운동도 오래 하기 위해서는 적당한 근육이 필요할 거라는 생각이 들었다.

근력 운동을 할 때는 스톱워치와 타이머를 적극 활용했으며, 격일로 하되 하루 20~30분 내로 마무리했다. 처음에는 시계를 보며 운동을 했는데 집중하다 보면 시간을 까먹기도 하고 중간에 시간을 확인하느라 주의가 산만해지기도 했다. 그래서 자주 하는 동작의 경우 스톱워치로 각각의 횟수와 강도에 따른 시간을 계산하여 운동했다. 또한 마지막 1분 1초까지 오로지 운동에 할애하겠다는 마음으로 타이머를 설정했다. 그러면 타이머가 울리기 전까지 긴장을 늦추지 않고 운동하는 데 집중할 수 있다.

개인적으로 근육운동은 하체에 비해 상대적으로 약한 상체 위주로 했다. 덤벨과 스탭퍼, 스탭박스, 탄력밴드를 활용했고 크런치, 레그레이즈, 푸시업, 스쿼트도 병행했다. 요가는 내 몸에 필요한 동작을 조합하여 순서를 정해서 수련했다. 근력 운동은 주로 걷기 운동을 마치고 30분이나 1시간 뒤에 실시했으며 운동을 마치면 바로 기록을 추가했다.

- 우선 근력 운동에 사용할 시간을 정한 뒤 시간 안에 할 수 있는 동작을 구성한다.(예: 주 3회, 하루 30분 근력 운동하기. 크런치, 레

그레이즈, 덤벨 사이드밴드, 푸시업)

- 스톱워치로 각각의 동작에 소요되는 시간을 계산하여 총 횟수를 정한다.(예: 크런치 70회, 레그레이즈 30회, 덤벨 사이드밴드(4킬로 그램 덤벨) 20회, 푸시업 10회, 전체 3번 반복)

- 스톱워치로 적절한 동작과 횟수를 정했다면 운동 시작과 함께 타 이머를 설정하고 그 안에 끝낼 수 있도록 한다. 계획적인 시간 활 용과 운동에 대한 집중력 향상에 도움이 된다.

- 동작이 숙련되고 경험이 쌓이면 스톱워치와 타이머 없이도 규칙 적인 운동을 할 수 있다.

- 스톱워치나 타이머는 별도의 기기를 사용할 수도 있고 핸드폰 기 능을 이용해도 좋다.

- MS 엑셀에 날짜별로 운동 내용을 구체적으로 기록한다.

물 마시기 기록

미국 식품영양위원회는 성인의 1일 수분 섭취량을 1킬로칼로리당 1밀리리터로 권장하며, 세계보건기구 역시 하루에 1.5~2리터의 물을 마실 것을 권고하고 있다. 음식에 포함된 수분을 제외하더라도 하루 1리터 이상은 물로 섭취하는 것이 적당하다. '100일 함께 걷기 모임'에서는 걷기 외에도 다양한 건강 상식과 유용한 정보 등을 공유했는데 물 마시기에 관한 중요성도 자주 언급되었다. 평소 물을 잘 마시지 않던 나는 자연스럽게 물 마시기 운동에 동참했다.

나의 목표는 하루 1리터 물 마시기. 평소 물을 자주 마시던 사람들은 '그게 뭐 대수라' 싶겠지만, 하루 물 한 잔도 잘 마시지 않던 나 같은 사람에게는 큰 도전이었다. 물의 양을 효율적으로 계산하기 위해 500밀리리터 물통 2개를 샀다. 매일 아침 끓인 물을 식혀 500밀리리터 물통 2개에 채우고 틈날 때마다 마셨다. 하지만 물통이 생겼다고 마시지 않던 물에 저절로 손이 가지는 않았다. 마시지 않은 물통을 볼 때마다 숙제를 미룬 학생처럼 마음이 불편해지기만 할 뿐이었다.

기록을 해보니 하루에 물을 한 방울도 안 마신 날도 일주일에 2~3일은 됐다. 그 정도일 줄은 몰랐는데 기록을 확인한 나는 깜짝 놀랐다. 내 몸에 스스로 폭력을 가하고 있단 생각에 미안한 마음마저 들었다. 가장 먼저 물통을 500밀리리터에서 350밀리리터로 바꿨다. 가벼우니 휴대하기 좋았고, 물통을 금방 비울 수 있으니 성취감도 느꼈다. 최대한 손에서 물통을 떨어뜨리지 않으려고 애썼고 나중에는 주머니에 넣고 걸을 수 있는 300밀리리터 물통으로 바꿨다.

맹물이 맛이 없을 때는 옥수수차나 곡물차로 번갈아가며 마시기도 했다. 물을 자주 안 마시던 사람이 갑자기 맹물을 많이 마시기란 쉬운 일이 아니다. 맹물과 차로 번갈아가며 마시다가 맹물의 비율을 조금씩 늘려가는 것도 좋은 방법이다. 하루 100밀리리터도 안 마시던 나는 90일차에 접어들어서는 평균 1.17리터를 기록했다. 오랫동안 시달리던 변비에서 해방된 이유에는 꾸준한 물 마시기도 분명히 한몫을 했을 것이다.

- 하루에 마실 물의 양에 따라 용기를 준비해두는 것이 좋다. 물통이나 텀블러, 컵의 용량을 알아두면 계산하기 편하다.
- 최대한 물을 가까이 두고 한 잔을 비울 때마다 기록한다. 물 마시기 관련 어플을 사용하는 것도 좋다.
- 휴대하기 편하도록 용량이 작은 물통이나 손잡이가 달린 물통을 사용해도 좋다.
- 평소 맹물을 자주 마시던 사람이 아니라면 차가운 물보다는 따뜻한 물로 시작하는 것이 좋다.

수면 기록

프리랜서 번역가로 살면서 가장 힘든 점은 불규칙한 생활과 수면 습관이다. 마감에 쫓기다 보니 생활은 언제나 뒤죽박죽이고 일정이 꼬이거나 일이 늘어나기라도 하면 시도 때도 없이 밤을 새기 때문이다. 여전히 기상 시간과 취침 시간을 기록하고 관리하는 일은 어렵게 느껴진다. 한번 바뀐 밤낮을 되돌리는 데는 엄청난 시간과 인내가 필요하기 때문이다.

일단 새벽 2시 전에 잠들고 6~7시간 내외의 수면 시간을 유지하는 것을 원칙으로 삼았다. 그렇게 시작된 기록은 문제의 심각성을 한눈에 볼 수 있게 해주었다. 12월 한 달간의 기록을 보면 밤을 새거나 새벽 2시 이후에 잠든 날이 15일이나 됐다. 그중에는 새벽에 잔게 틀림없으나 몇 시에 잤는지 기억이 안 나는 날이 4일이나 되었고, 완전히 한숨도 못 잔 날도 있었다. 엉망으로 사는 내 모습을 보며 실망도 했지만, 수년간 축적된 습관을 단기간에 고칠 수 있을 거란 기대도 버리게 되었다. 단, 시간이 걸리더라도 매일 기록을 하며 아침형 인간이 될 때까지 노력해보기로 다짐했다.

- 머리맡에 노트를 두었다가 기록한다. 아침에 일어났을 때와 잠들기 전에는 비몽사몽이라 정확한 시간을 기억하기 힘들 수 있다. 수면 기록 기능이 있는 스마트밴드(핏비트, 미밴드 등)를 활용하면 편리하다.
- 자기 전에 침대에서 독서나 핸드폰, 컴퓨터 등을 자제한다.
- 늦은 시간에 카페인 섭취를 줄이고 자기 전에 따뜻한 물로 샤워를 하는 것도 숙면에 도움이 된다.
- 낮잠은 줄이고 최대한 매일 같은 시간에 일어나려고 노력한다.
- 규칙적으로 운동을 한다.

김정자

걷기 단상 기록법

걸으면서 단상을 쓰는 일은 처음에는 어려워 보이지만 습관만 들이면 할 만하다. 준비물도 거창하지 않다. 나는 핸드폰 하나로 모든 단상을 기록했다. 사용한 어플은 메모장과 인터넷, 카메라가 전부다. PC로는 한 달에 몇 번 사진을 정리했을 뿐이다. '매일 조금씩 꾸준히'는 마법 같은 말이라 처음에는 어려워도 익숙해지기까지 의외로 긴 시간이 필요하지 않다. 5킬로미터를 걷는 데 일주일밖에 걸리지 않았고, 7킬로미터를 걷는 데 열흘이 채 걸리지 않은 것처럼 말이다.

처음 단상 쓰기를 시도하는 사람에게 도움이 되길 바라며 몇 가지 팁을 정리했다.

매일 쓰자

처음에는 막막할 수 있다. 멋지게 쓰려고 하면 더 힘들다. 문방구 간

판 위에 앉은 비둘기 떼, 앞서간 사람이 뿌려놓은 담배 연기, 화단 구석에 앉아 있는 고양이, 보도블록에 흩어진 낙엽 등 보이는 대로, 들리는 대로, 냄새 맡는 대로 무작정 쓰자. 그러면 지금까지 못 보고 지나쳤던 사소한 것들이 보이기 시작한다. 그러니 자신을 믿고 한 줄이라도 쓰자. 그래도 쓰기 힘들면 오늘은 쓰기 힘들다는 말이라도 쓰자. 그 말을 쓰는 동안 쓸거리가 생각나기도 한다. 내가 지금까지 가장 짧게 쓴 단상은 "이사하면 청소가 일이다"이다. 반드시 매일 써야 하는 건 아니지만, 일단 쓰기를 습관화할 필요가 있다. 처음에는 무조건 매일 쓰자.

즉시 메모하자

걷다 보면 주위를 둘러보게 된다. 오감을 통해 흘러들어온 풍경이 내 안에서 무언가로 변하는 것을 느낀다. 내 안에 무엇이 생겼는지 알기 위해서는 스스로에게 솔직해야 한다. 걷는 동안은 자유롭게 나를 해방시키자. 메모하는 것만 잊지 않으면 된다.

생각은 입에 넣은 솜사탕처럼 순식간에 사라진다. 걷다가 떠오른 생각은 나중으로 미루지 말고 바로 메모하자. 핸드폰이 불편하다면 수첩도 좋다. 음성 메모를 이용해 녹음한 다음 나중에 메모장에 옮겨 적을 수도 있다. 기억은 돌아서는 순간부터 퇴색된다. 가능한 수단과 방법을 모두 동원하여 가급적 빨리 메모하자. 정리는 나중에 하면 된다. 즉시 적당한 말을 떠올리기란 어렵다. 차라리 그때 느낌을 닥치는 대로 적는 편이 낫다. 단어 한두 개라도 기록해놓으면 그나마 선명하게 당시를 떠올릴 수 있다. 찰나를 붙드는 건 기억이 아니라 바로 기록이다.

틈새 시간에 정리하자

메모는 메모일 뿐, 단상으로 만들기 위해서는 가공이 필요하다. 처음에는 시간이 오래 걸리겠지만 조금씩 빨라지니 겁먹지 말자. 역시 무작정 해보는 게 중요하다. 버스나 지하철 안에서 정리하면 따로 시간을 낼 필요가 없다. 걷기와 마찬가지다. 친구를 기다리거나, 화장실에 오래 앉아 있거나, 주문한 음식이 나오기 전까지 틈새 시간을 활용하는 것도 좋다.

단, 길을 걸으며 정리하지는 말자. 위험하기도 하거니와 애초의 목적을 잊어서는 안 된다. 쓰기 위해 걷는 것이 아니라 걷다 보니 쓰는 것이다. 걸으며 딴짓을 하는 건 지겨워졌다는 신호일 수 있으니 그때는 평소와 다른 길로 가는 것도 한 방법이다.

가끔은 퇴고하자

간혹 제대로 쓰고 싶을 때가 있다. 그때는 충분히 시간을 들여 퇴고하자. 오래 관찰하면 새로운 걸 발견하듯이, 오래 퇴고하면 새로운 표현이 튀어나오기도 한다. 길을 걷는 것처럼 단어의 숲을 지나며 나만의 어휘를 찾는 것이다. 사실 단상 쓰기에서 제일 어려운 과정이다. 메모를 하고 정리하는 것까지는 익숙해지면 재미를 느낄 수 있지만, 퇴고는 언제나 힘들다.

무리해서 시도하지는 말자. 그렇다고 포기하지도 말자. 가시밭길을 지나야 달콤한 과실을 따먹을 수 있다는 건 불변의 법칙이다. 매일 걷고 쓰다 보면 언젠가 기꺼이 그 길을 걸을 때가 온다. '해야만 해'가 아니라 '하고 싶어'가 될 때까지 기다리자. 그러면 퇴고를 할 준비가 끝난 것이다.

함께 쓰자

혼자 보면 일기지만, 공유하면 단상이다. 걷는 방법에 정답이 없듯이 단상을 쓰는 법에도 정답은 없다. 저마다의 매력이 있으니 부끄러워하지 말고 올리자. 공감하고 공감받으면 쓰는 일이 더 즐거워진다. 올리고 나서 뿌듯할 때도 있지만, '아차' 싶을 때도 있다. 둘 다 감당할 수밖에 없다. 원래 홈런은 수많은 아웃 위에 성립하는 법이다. 다른 사람의 단상을 보는 것도 쓰는 것만큼이나 큰 도움이 된다. 게다가 비슷한 경험과 감성을 공유하는 사람이 옆에 있으면 외롭지 않다.

이를테면 이런 식이다. 횡단보도 앞에 멈춰 선다. 예전 같으면 빨간 신호만 뚫어져라 쳐다보았을 텐데 이제는 주위를 두리번거리다가 커다란 목련 나무를 발견한다. 영하 4도의 추위에 목련 나무 가지마다 올라온 꽃눈을 보니 기특하다. 어쩌면 봄은 겨울이 키우는 건지도 모른다는 생각이 든다. 사진을 찍고 '꽃눈', '영하 4도', '겨울이 꽃을 키운다'를 메모한다. 초록불이 들어오고 횡단보도를 건너는 순간 이제 그 길은 나에게 목련 나무 거리로 남는다.

버스 정류장까지 가는 동안 계속 그 장면을 반복해 떠올린다. 버스에 올라타서 메모를 정리한다. 메모장에 기록하는 동안 '봄에 피는 꽃은 어머니 같은 겨울을 그리워하겠구나'라는 생각이 덧붙는다. 글을 고친다. 버스에서 내리기 전에 블로그에 정리한 글을 올린다. 마음에 들면 그룹창에도 공유한다.

> 커다란 목련 나무를 보았다. 꽃눈이 올망졸망 매달려 목련인 줄 알았다. 영하 4도 추위 한가운데 앙상한 가지마다 맺힌 꽃눈은 소녀의 가슴처럼 봉긋 솟아 있었다. 봄은 그저 내보일 뿐이려니 겨울이야말로 네 개의 봄을 퍼부어 꽃을 키운다. 상상한다. 비로소 하얀 베일을 벗고 그리움의 축배를 쏘아올리는 날을.
>
> – 72일째 단상, 〈꽃눈〉

쓰자. 일단 써보면 어느새 끊을 수 없을 것이다.

고민실

걸으면서
기부하기

걷기를 통한 나눔 활동은 거창하지 않다. 개인적인 걷기 목표를 정하고 목표에 도달했을 때 기부하는 방법도 있지만, 걷기를 통해 아낀 교통비를 기부하는 방법을 추천한다. 의미도 있고 부담도 없다. 하지 않는다고 죄책감을 느낄 필요도 없고 한다고 해서 우쭐해질 필요도 없다. 이마저도 부담스럽다면 걷기 어플을 통한 기부도 가능하다. 마음이 동한다면 아래의 몇 가지 실천 방법들을 참고해도 좋다.

기부금액과
기간 정하기

자가용을 주로 이용하는 분들이라면 자가용 대신 대중교통을 이용할 경우 1,000원 적립, 대중교통을 이용하는데 걸어서 이동했다면

500원 적립, 마을버스로 갈아타는 대신 걸었다면 100원 적립 등 자신만의 적립 원칙을 먼저 세워보자. 도달할 목표액을 먼저 정해두고 시작해도 좋고, 100일 걷기처럼 목표 기간을 정한 후 적립한 금액을 기부해도 좋다. 금액에는 신경 쓰지 말자. 금액보다는 그 의미를 소중히 여기자.

적립하고
기록하기

어떤 방식으로 적립하고 기록할지도 미리 정해보자. 매일 기록해두지 않으면 잊어버리게 된다. 눈에 보이는 적립 방법으로 돼지 저금통을 추천한다. 매일 귀가 후에 오늘 적립한 금액이 있다면 바로 돼지 저금통에 넣는다. 이 방법은 어른보다 아이들이 더 좋아하는 방법이다. 요즘은 현금보다 카드를 많이 사용해서 지갑에 현금이 없을 때도 있지만 배불러가는 돼지를 보며 저금하는 기쁨이 생각보다 크다. 돼지 저금통 사용이 번거롭다면 핸드폰이나 엑셀 프로그램으로 가계부를 쓰는 것처럼 기록해도 좋다. 아니면 엑셀로 만든 시트를 프린트해서 신발장이나 눈에 잘 띄는 곳에 붙여두고 수기로 기록하는 것도 재밌다. 가족이 모두 동참할 경우, 개인별로 기록하면서 선의의 경쟁을 하는 것도 서로에게 동기부여가 된다.

기부하고 싶은 곳
찾아보기

일정 기간 동안 기부금을 적립했다면 이번에는 기부하고 싶은 곳을 찾아보자. 평소에 기부하고 싶었던 곳이 있다면 그곳에 기부해도 좋고, 걷기 취지에 맞는 기부처를 따로 찾아봐도 좋다. 한 번도 생각해본 적이 없다면 이웃 돕기 TV 프로그램을 통해 기부를 해보는 건 어떨까? 가족과 함께 TV를 시청하며 대화도 하면서 정하는 것도 재미있다. 아이들에게 선택의 기회를 주고 직접 찾아보게 한다면 좋은 교육이 될 것이다. 우리 집의 경우 '세이브 더 칠드런' 단체를 통해 아프리카 친구들에게 염소 보내기 후원을 하고 있다. 관심만 가진다면 기부할 곳은 많고 기부를 통해 새로운 의미를 발견할 수 있다.

걷기 기부 어플을 활용하여
기부하기

스마트폰을 사용하는 분이라면 걷기 기부 어플을 내려받아 기부해보는 것도 좋다. 대표적인 어플로 빅워크Bigwalk가 있다. 빅워크는 1킬로미터당 100눈noon, 100원을 적립해주는 앱이다. 자신이 기부하고 싶은 모음 통을 선택할 수 있고, 걸은 기록만큼 '눈'으로 적립된다. 배터리를 든든하게 충전하고 걷기 전에 실행한 뒤 다 걸은 후에 종료만 하면 된다.

박은미

4장
걷기로 다시 살다

꽃으로
다시
피어나다

나는 2016년 6월 말로 36년간의 공직을 마친 완전한 백수다. 『나는 걷는다』의 저자 베르나르 올리비에는 퇴직 후의 느낌을 '침몰하는 배에 앉아 있는' 느낌이라고 했다. 나 또한 한동안 그런 상태에 있었다. 은퇴를 앞두고 제2의 인생을 알차게 보낼 화려한 계획을 구상했지만, 어영부영하다 아무런 설계도 하지 못한 채 퇴직을 맞았다. 늦었다고 포기할 수 없는 상황이라 우선 하고 싶은 일을 떠올렸다. 그동안 읽지 못한 책이나 실컷 읽어보려 했지만 뜻대로 되지 않았다. 예전에 직장 독서모임 운영을 위해 독서 토론 리더 과정을 들은 적이 있던 숭례문학당을 찾았다. 책을 잘 읽어보려고 찾은 숭례문학당에서 나는 예상치 못하게 '100일 함께 걷기'를 만나는 행운을 얻었다.

몸과 마음을
치유하다

나에게 걷기란 치유와 수행이었다. 결혼 8년 만에 시작된 별거는 10여 년을 끌다가 40대 중반에 이르러 이혼으로 결말을 맞았다. 그 과정에서 나는 만신창이가 되었다. 두 아이의 양육과 직장 생활은 벅찼고, 스트레스로 거의 미친 상태였다. 어느 날 잠실나루에서 노량진까지 걸었다. 남편과 이혼 문제로 다투고 폭발할 것 같은 분노를 주체하지 못해 한강에 나갔다가 뜻하지 않게 집까지 걸었다. 승용차로 잠실에서 집까지 17킬로미터였는데 늦은 밤에 그 거리를 혼자 걸었던 것이다. 집에 도착하니 폭발할 것 같던 분노가 눈 녹듯 사라지고 마음은 차분하게 가라앉았다. 이후로도 가슴이 답답하거나 일이 꼬인다 싶으면 한강이나 산으로 가서 걸었다. 아마 이때가 나의 걷기 역사의 시발점이 아닐까 싶다.

걷기는 나에게 사는 길이었다. 슬픔과 분노가 북받쳐 울분을 터뜨릴 때도 한참 걷다 보면 가라앉았다. 남편에 대한 원망과 억울함으로 복수를 꿈꿀 때도 동네를 미친 듯이 돌아다녔다. 아마 그때 걷지 않았더라면 무슨 일을 저질렀을지도 모를 일이다. 지금 돌이켜 보면 혈기가 왕성한 때라 남편의 배신에 대한 분노도 굉장했던 것 같다. 설상가상으로 무릎과 허리도 아팠다. 유명하다는 정형외과와 한의원을 찾아다녔지만, 소용이 없었다. 살을 빼라고 했지만 아이 둘을 낳으면서 찐 살을 빼는 일은 너무 어려웠다. 더구나 남편과의 갈등으로 삶의 의욕이 없는 상황에서 다이어트는 고려할 대상이 아니었다. 물리치료를 받으면 반짝 나았다가 다시 아프기를 반복할 즈음, 혼자 산에 오르기 시작했다.

모든 운동이 그러하듯 등산도 중독이라 주말과 휴일에 온 신경을 등산에 집중했다. 2005년부터는 도보동호회에 가입해 열심히 활동했다. 덕분에 허리가 아팠단 것조차 잊고 10여 년을 지냈다. 그러다 여러 가지 사정으로 등산을 중단하였다. 그러다 보니 살은 더 찌고 예전에 치료된 줄 알았던 허리 통증이 다시 찾아왔다. 급기야 지난해에는 한 달 넘게 입원하는 사태까지 벌어졌다. 입원으로 상태가 호전되자 조금씩 걸어보라는 의사의 지시대로 조금씩 걷기 시작했다.

인터넷으로 가입한 '인생길 따라 도보여행'이라는 도보동호회를 따라 제주 올레길과 지리산 둘레길 그리고 서해안의 섬들과 지방의 둘레길 등을 다녔다. 조금씩 걷기를 하다 차츰 늘려서 금년 초에는 제주 올레길 21개 코스 중 14개 코스를 걸었다. 서울 둘레길도 완주하였다. 하지만 허리가 좀 나아지자 나태해져 걷기를 건너뛰는 날이 많아졌다. 그러자 허리 통증이 다시 재발했다. 꾸준히 걸을 방법을 찾아야 했다.

예전처럼 도보동호회 활동을 하려니 시간상의 제약이 있었다. 3~4시간을 걷기 위해서는 하루를 완전히 할애해야 했다. 집결 장소까지 가고, 도보를 마친 후 뒤풀이라도 있는 날이면 다른 일은 전혀 할 수 없었다. 처음 만나는 이들과 함께한다는 것 역시 불편했다. 결국 시간상 구애받지 않고 걷되 혼자 지속적으로 할 방법을 찾아야 했다.

바로 그 돌파구가 '100일 함께 걷기' 모임이었다. 매일 자유롭게 혼자 5킬로미터씩 내 자신에게 집중하며 걷는다. 그리고 저녁에는 그날 걸으며 느꼈던 단상과 기록들을 단체 카톡방에 올리며 서로 격려하고 위로하는 시간을 갖는다. 일기예보를 알려주는 이, 걸으며 보았던 꽃들과 하늘 사진을 올려주는 이, 시를 올려주는 이들로 인해 와자해진 카카오톡 방에서 함께하는 즐거움을 느꼈다.

숭례문학당의 '100일 함께 걷기'를 시작한 이후로는 매일 하루도 거르지 않고 걷고 있다. 아프리카 속담에 '빨리 가려면 혼자 가고, 멀리 가려면 함께 가라'고 했다. 이처럼 멀리, 즉 오래 걷기 위해 함께 걷기 모임을 선택한 내 자신이 대견하다. 걷기 기록은 어플로 남기고 그 기록을 캡쳐하여 단체 카톡방에 올리면 된다. 그런데 기록만 올리는 것이 아니라 그날 걸으며 느꼈던 단상과 보았던 멋진 풍경을 공유하였다. 가끔 해이해져 걷기를 쉬고 싶을 때도 있다. 그렇지만 카톡방에서 나를 기다리고 있을 동지들을 떠올리며 오늘도 바깥으로 나가 걷는다.

산티아고 순례길을
준비하며

'100일 함께 걷기'는 내 안에 잠자던 열정을 깨워주었다. 걷기는 꿈 목록에 박재되어 있던 여행을 실행에 옮길 수 있도록 나의 열정에 불을 지폈다. 걷기를 하면서 불안하고 두려워하던 내게 자신감과 용기가 생겼다. 외국어를 전혀 하지 못해 의사소통이 어렵다는 생각으로 꿈에 그칠 뻔한 산티아고 순례길에 도전장을 내밀 수 있었다.

산티아고 데 콤포스텔라 순례길은 1993년 유네스코 세계유산으로 등재되었다. 세계 각국의 많은 사람들이 걷는 길이다. 요즘에는 우리나라 사람들도 많이 걷는다고 한다. 8월에 혼자 떠난다고 하니 걱정하는 사람과 응원해주는 사람이 반반이었다. 나 역시도 두려움과 기대가 반반이다. 두려운 이유는 의사소통의 어려움과 여자 혼자라 안전이 염려되기 때문이다. 하지만 외국어로 의사소통이 가능해질 때까지 또는 파트너를 구할 때까지 미루다가는 평생 못 갈지도 모른다는 생각이 들었다. 그래서 무작정 항공권과 TGV를 예매했다. 무모함과 용기가 버무려진 여행은 그렇게 시작되었다.

하고 많은 여행지 중에 왜 힘든 길을 택했냐는 질문을 받았다. 당시에는 시원하게 대답을 하지 못했으나, 이 글을 통해 그 질문에 답을 한다. 그저 걷기를 좋아하고 또 그렇게 정처 없이 떠나보고 싶었다고. 걷는 중에 나를 돌아보고, 진정 내가 원하는 것과 무엇을 하고 싶은지 알고 싶다고. 말하자면 내 자신과 깊은 대화를 하고 싶었다고. 또한 패키지여행에서는 얻지 못할 나만의 자유를 누리고 싶었다고.

안전하고 편한 국내 여행도 가능하지 않느냐고 묻는 사람도 있다. 아무래도 국내 여행은 어느 날 느닷없이 돌아오고 싶을 때 여행을 중단할 가능성이 높다. 무엇보다 산티아고 데 콤포스텔라 순례길은 평생에 꼭 한번 가고 싶은 곳이었다. 만약 두려움 때문에 포기한다하더라도 언젠가 다시 시도할 여행지였다. 하지만 시간이 지난 그땐 지금보다 나이가 더 들어 힘에 부칠 것이다. 그래서 마음먹은 지금 바로, 떠나려고 한다. 토머스 풀러의 '바보는 방황하고 현명한 이는 여행을 떠난다'는 말이 무척 매력적으로 들렸다. 은퇴 설계가 미흡했지만, 방황하지 않고 여행을 떠나게 되어 무척 다행이다.

순례길 코스는 여러 곳이 있다. 나는 가장 대표적인 프랑스 코스를 택했다. 이 코스는 순례자의 70퍼센트가 걷는 길이라고 한다. 그런 만큼 편의 시설이 잘 갖춰져 있고 초보자들에게 적합하다고 한다. 프랑스 생장에서 스페인의 '산티아고 데 콤포스텔라'까지 800킬로미터를 42일 혹은 43일 정도 걸을 계획을 세웠다. 오고 가는데 2~3일을 잡으면 총 45일 일정이다. 대부분의 사람들은 30일에서 35일간 걷는다고 하는데, 나는 시간이 넉넉한 은퇴자의 특권으로 다른 여행자들에 비해 여유롭게 구경하면서 천천히 걷고 싶었다.

또 이왕 고생할 바에는 더 힘든 길로 가자 싶어 직항이 아닌 경유 항공을 택했다. G마켓에서 러시아 항공편을 약 88만 원에 예매했다. 직항인 대한항공보다 52만 원이 저렴하다. 경유 항공은 프랑스로 갈 때 1시간, 돌아올 때 4시간이 더 걸린다는 단점이 있다. 하지만 이번 기회에 러시아 공기라도 맛보자 싶었다. 항공사보다는 G마켓이나 인터파크 등의 대행사 항공권이 저렴하다. 동일한 대한항공 직항도 항공사보다 저렴한 가격으로 구매할 수 있다. 그리고 TGV도 파리에 도착한 다음 날로 표를 예약했다. 순례길을 마치고, 파리까지 돌아오는 일이 문제다. 하지만 이 또한 미리 걱정하지 않는다. 닥치는 대로 해나가다 보면 요령도 생기고 도와주는 사람도 있을 것이라는 근거 없는 확신 때문이다.

이젠 짐을 꾸리는 일만 남았다. 짐은 가벼울수록 좋다고 하지만 불편을 겪지 않을 최소한의 물품은 챙겨야 한다. 다녀온 사람들에 의하면 생각보다 많은 물건이 필요하지 않고 여행을 통해 간소하게 사는 법을 배웠다고 하니 마음이 놓인다. 평소 산행할 때 기준을 참고하고 현지에서 견뎌보기와 현지 조달 방법을 택했다. 그래도 상비약과 우비는 반드시 챙긴다. 새로 장만한 40리터 배낭에 6킬로그램 정도의 짐을 담고, 여행 중에 먹을 식사와 간식 넣을 여유 공간을 확보된다. 경비는 하루 30유로로 잡아 40일간 1,200유로로 생각했고, 예비비로 300유로를 잡았다. 그리고 관광과 기타 비용으로 1,000유로 정도를 잡았는데 원화로 환산하면 350만 원 정도이다. 항공료 88만 원과 기타 준비물 구입 비용을 포함해 총 경비를 500만 원으로 잡았다. 만약을 대비해서 신용카드 한 장은 소지하려고 한다.

상처받은 이들이여, 거리로 나서라

이혼녀라는 이유로 나는 늘 세상에서 가장 불행한 여자인 척하며 살았다. 하지만 지금 돌아보니 고통의 무게가 그리 무겁지 않았음을 깨닫는다. 가해자였던 남편도 어쩌면 피해자이고, 피해자라고 여겼던 나 역시 어떻게 보면 가해자였음을 걷는 중에 깨달았다.

이혼으로 남편뿐만 아니라 세상 모두를 미워했다. 남편은 배신해서, 세상은 이혼으로 불쌍한 나를 돌봐주지 않아서라는 말도 안 되는 이유로 어리광을 피웠다. 사람들과의 관계도 좋을 리 없었다. 자연히 자신감은 없어지고 위축된 삶을 살아왔다. 남들은 괜찮다고 해도 난 전혀 괜찮지가 않았다. 그나마 걷기를 통해 이 정도 사람 꼴을 하고 살아 다행이라는 생각뿐이다.

멀리, 오랜 기간 걸으며 나의 한계를 넘었던 경험은 자신감을 회복시켜 주었다. 35킬로미터의 걷기와 9박 10일 혹은 4박 5일짜리 장기 도보는 지치고 외로운 나에게 활기와 자신감을 불어넣어주고, 인내심을 기를 수 있게 해주었다. 처음 장거리 여행을 하고 며칠을 앓았던 것과 달리 그다음부터는 회복 속도가 빨라져 금년 5월에는 30킬로미터를 걷고도 당일에만 다리가 뻐근할 뿐 다음 날에는 바로 평상시로 돌아왔다.

지리산 9박 10일 장기 도보를 할 때도 초반에는 불평불만이 많았다. 둘레길이라 하지만 워낙 큰 산인지라 산을 몇 개씩 넘는 기분이었다. 더구나 8월 초의 무더위로 힘들고 지친 데다 60여명이 움직이려니 불편한 일이 한두 가지가 아니었다. 한 방에 여러 명이 함께 자야 하는 불편한 잠자리는 물론, 샤워하는 중간에 물이 끊기기 일쑤였다. 식사 역시 밥차가 따라 다녔지만 반찬이 입에 맞지 않는 경우도 있었다. 아무튼 도보 4일째쯤에 최고조에 달했던 불만은 5일째쯤 되자 평화로워지기 시작했다. 그동안 떠나온 곳의 익숙함을 내려놓았던 것이다. 함께 걸었던 이들 역시 마찬가지였다. 걷기가 마음의 평화를 준다는 사실을 그때 깨달았다. 그렇게 9일을 걷고 마지막 날은 서로 부둥켜안고 춤추며 놀았다. 지금도 그이들을 만나면 동기처럼 정이 간다. 자신이 생각하는 한계를 넘어서길 바라는 사람은 장거리 걷기를 꼭 시도해보길 바란다.

자신의 몸에 집중하며 걸으면 몸은 물론 마음에도 관심이 간다. 늘 자신을 개조의 대상으로 생각했던 내가 어느 날 '그래! 부족하고 미흡한 내가 이만큼 살아오느라 수고했다'라며 스스로를 위로하는 것에 놀랐다. 그러고 나니 자존감은 높아지고 자신감이 용솟음치는 느낌이 들었다. 자식에게도 당당해졌다. 딸에게 미안해서 늘 힘들었는데, 이제는 과거에 미숙해서 저지른 과오를 정리할 수 있는 힘을 얻을 수 있어 그저 감사할 뿐이다.

마치 걷기가 만능인 것처럼 들릴지도 모르겠다. 하지만 내게는 기적과 같았다. 몸이 아픈 사람, 마음의 상처로 괴로운 사람, 전환점에서 새로운 출발을 하려는 사람들은 일단 집을 나와 길을 걸어보길 바란다. 허리를 곧추세우고 머리는 반듯하게 하되 앞으로 약간 숙이고 눈은 멀리 바라본다. 걸으면 지나온 과거의 상처는 치유되고 현재의 답답함이나 미래에 대한 두려움까지 이겨낼 힘을 얻을 수 있다. 걷기는 치유이자, 수행이요, 미래의 희망이다.

최은희

5킬로미터
여자

"여보~ 오키로?"

"엄마~ 오키로?"

　요즘 우리 집에서는 나만 보면 '오키로'라고 말한다. 별명 아닌 별명이 되었다. 내 얼굴만 보면 5킬로미터를 걸었냐고 시시때때로 묻는다. 모르는 이들은 이게 뭔 소린가 할 거다. 설마 몸무게가 오키로는 아닐테고. 그렇다면 이름인가. 아니다. 나는 매일 5킬로미터를 걷는 여자다. 5킬로미터 여자, 오늘도 5킬로미터를 걷기 위해 길을 나선다.

한 템포
느린 마음

숨을 쉬지 못할 것 같다. 가슴이 답답하다. 교실에 앉아 있는 친구들

얼굴이 아득해진다. 까무룩 넘어간다. 고3 때의 일이다. 야간 자율학습을 하다가 깜빡 기절하듯 쓰러졌던 나는 수시로 선생님 차에 실려 집으로 갔다. 누구는 여고 시절이 인생에 있어 가장 아름다운 시간으로 기억된다는데 난 '아, 힘들었지'라는 기억이 먼저 떠오른다. 시내 친구들의 약삭빠름과 이기적인 모습이 깍쟁이처럼만 느껴졌다. 내성적인 성향의 나는 친구들과 잘 어울리지 못했고, 상업계 고등학교를 가기 원한 아버지의 뜻을 꺾고 인문계로 진학했기에 학교생활 모든 면에서 잘하고 싶은 마음이 컸다. 하지만 잘하고픈 마음과 친구들과 어울리지 못하는 상황들은 고3이 되면서 입시라는 무게를 이기지 못하고 건강 악화로 나타나게 되었다. 결국 고등학교 시절은 공부도 건강도 허락되지 않은 힘든 시간이었다.

그때는 스트레스가 나의 건강을 해치는 주범인 줄 몰랐다. 마흔이 넘어 뒤늦게 공부를 하면서 다시 고3 때의 현상을 겪게 됐다. 가슴이 두근거리고 숨 쉬기가 힘들어지는 현상. 늦게 시작한 공부에 욕심을 부린 탓이었다. 건강 악화로 놓친 공부였기에 마흔의 뒤안길에서는 원없이 하고 싶었다. 그런 욕심은 시험 기간만 되면 나를 예민하게 만들었다. 극도의 긴장은 가슴을 답답하게 하고 두통을 동반했다. 펌프질하듯 머리를 조이는 두통은 '아, 이러다 죽는구나!' 싶게 만들었다. 두려웠다. 한 템포 느리게 사유하는 힘이 필요했다.

고혈압의 남자
저혈압의 여자

나에게는 예민함뿐 아니라 뜨거운 여름도 반갑지 않은 손님이었다. 언제부턴가 여름은 곤혹의 계절이었다. 땀을 많이 흘리는 건 아니었지만 몸은 여름 내내 물에 젖은 솜 마냥 천근만근이었다. 늘 축축 처지고 기운 없이 걸어 다녔다. 그런 나를 보고 사람들은 "왜 이렇게 맥이 빠져 있냐?"고 종종 묻곤 했다. 나도 그 이유를 모르니 환장할 노릇이라고 말해주고 싶었다. 알고 보니 이유는 저혈압 때문이었다. 다른 계절에는 멀쩡하던 혈압이 여름만 되면 바닥을 향해 곤두박질 치기 일쑤였다. 혈액순환이 잘되지 않았고 손발은 늘 찼다. 남들은 덥다고 훌러덩 벗고 잔다는데 발끝이 시린 나는 여름에도 늘 양말을 신고 잤다. 상쾌해야 할 아침은 머리에 쇳덩어리를 얹어놓은 듯 일어나기가 힘들었다.

혈액순환이 잘 안 되니 몸까지 붓기 시작했다. 그래도 여름의 붓기는 선선한 가을이 되면 자연적으로 빠지곤 했다. 하지만 언제부턴가 붓기는 야금야금 살이 되어 내 몸에서 떨어져나가지 않았다. 급기야 체중이 첫째를 임신했을 때 몸무게였던 61킬로그램에 육박하는 58킬로그램이 되었다. 처음에는 체중계가 고장 난 줄 알았다. 체중계에 올라갔다 내려오기를 몇 번이고 반복했다. 하지만 여전히 체중계의 빨간 숫자는 58킬로그램을 가리켰다. 충격이었다. 그냥 몸무게만 들었을 때 누군가는 "뭐 60킬로그램도 안 되네!" 할 수 있다. 하지만 나는 키가 작고 몸무게도 51킬로그램을 넘어본 적이 없었다.

키 158센티미터에 몸무게 58킬로그램은 간단한 계산으로도 과체중이었다. 현실은 솔직했다. 내 몸을 돌보지 않고 남의 몸인 양 내팽개쳤으니 몸이 망가지는 것은 어쩌면 자연스러운 것인지도 모른다. 내 몸을 돌보지 않은 자신이 한심하고 부끄러웠다. 누가 뭐라고 한 건 아니지만 스스로에게 창피하고 미안했다. 사실 58킬로그램이라는 몸무게 자체보다 살이 찌니 건강이 좋지 않았다.

그때쯤 건강검진을 한 남편의 혈압이 145/120으로 나왔다. 고혈압이었다. 두세 차례 다시 재봐도 별반 다르지 않았다. 병원에서는 고혈압 약을 권했지만 남편은 먼저 운동을 해보고 결정하겠다고 했다. 그렇게 남편이 선택한 운동은 매일 걷기였다. 그때부터 남편은 7킬로미터 정도 거리에 있는 회사를 걸어서 다녔다. 1시간 10분 정도를 매일 아침 걸은 것이다. 구두를 편한 신발로 바꾸고, 회사에도 운동화를 갖다놓았다. 그리고 점심시간에는 식사 후 회사 주변을 걸었고, 저녁에는 집 근처의 하천을 오가는 등 매일 3시간 정도를 꾸준히 걸었다. 그런 남편의 걷기에 내가 동참하게 된 건 두 달 후쯤이었다. 저혈압으로 잦은 두통을 호소하고 늘 아침에 일어나기 버거운 내게 남편은 걷기를 권했다. 선택의 여지가 없었다. 남편의 필사적인 걷기에 스스럼없이 동참할 수밖에 없었다. 그렇게 고혈압의 남자와 저혈압의 여자는 살기 위해 길 위로 나섰다.

걷기를 시작했을 때 마음은 체중 감량보다 건강한 몸을 만들고 싶었다. 물에 젖은 솜 마냥 축축 처지는 몸은 마음도 처지게 했다. 몸과 마음이 함께 바닥으로 곤두박질할 때는 스스로 감당할 수 없는 나락으로 꺼지는 듯했다. 마음이 우울해지니 아무것도 할 수가 없었다. 전철 선로로 뛰어드는 사람들의 마음을 이해할 수 있었다. 우울한 마음은 밤잠도 빼앗아갔다. 불면증의 연속은 밤을 두렵게 했다. 우울의 그림자를 걷어 내기 위해서라도 걷기는 필수였다. 살기 위한 몸부림이었다.

남편과 나는 부부 함께 걷기를 1년 정도 했다. 남편은 7킬로그램 정도의 체중 감량 효과를 보았다. 당연히 혈압도 정상 범주로 돌아왔다. 가장 큰 변화는 더 이상 감기에 걸리지 않는 거다. 남편은 감기를 애인인 양 안고 살았을 만큼 감기에 자주 걸렸었다. 남편의 관리는 철저했다. 매일 아침 허리둘레를 재고 달력에 기록하고 군것질을 줄이고 규칙적으로 걸었다.

반면 나는 남편에 비해 큰 변화가 없었다. 체중의 변화도 전혀 없었다. 왜 그럴까. 혹시 뛰면 변화가 생길까. 남편도 같이 뛰어보자고 했다. 그런데 내가 뛰기 위해서는 먼저 해결해야 할 게 있었다. 바로 요실금이었다. 심하지 않아 생활할 때 큰 불편함은 없었지만 뛰기와 줄넘기가 힘들었다. 두 번의 출산으로 인해 방광이 처지게 됐는데, 이는 요실금 수술을 해야 낫는다고 했다. 약물치료로는 안 되었기에, 나는 뛰기 위해 요실금 수술을 결행했다. 그리고 두 달 정도 뛰었다. 하지만 결국 달리는 것을 멈출 수밖에 없었다. 체중에 변화도 없거니와 무엇보다 허리가 아팠다. 달리기는 내게 맞는 운동이 아니었다. 남편만큼 필사적으로 하지 않은 탓일까 우울한 마음만 조금 걷혔을 뿐 다른 변화는 별로 없었다. 힘이 빠졌다. 슬슬 걷기 운동에

게으름이 찾아오기 시작했다.

군산
도보여행

그 무렵 영화 조조모임 일행들과 군산으로 여행을 갔다. 우리는 군산 고속터미널을 시작으로 영화 〈8월의 크리스마스〉의 촬영지인 초원사진관, 신흥동 일본식 가옥을 버스 한번 타지 않고 계속 걸었다. 다음 코스로 영화 〈무뢰한〉의 촬영지인 나운동 일원으로 향했다. 우리는 〈무뢰한〉 속의 영상을 그대로 느끼며 걸었다. 선글라스와 모자로 뜨거운 햇빛을 가려가며 군산이란 도시를 걷고 또 걸었다. 사람 사는 냄새가 배어 나오는 골목을 걷기도 하고 툭 터진 대로를 걷기도 했다. 가을 햇살을 받아 반짝이는 은파호수공원에서는 물빛과 함께 걸었다. 14킬로미터 정도를 걸었지만 누구 하나 피곤해하지 않았다. 우리에게는 에너지가 있었다. 함께 걷고 함께 사유하는 동료야말로 우리의 에너지였다. 이렇게 군산은 함께 걷기의 시발점이 되었다.

군산 여행을 다녀온 후 '100일 함께 걷기'를 본격적으로 시작했다. 김민영 선생님이 "우리 함께 걷기 한번 해보는 거 어때요?" 하고 제안했을 때 싫지는 않았지만 은근히 걱정이 됐다. 1년 정도 부부 함께 걷기를 하면서 슬슬 핑계거리를 찾으며 주저앉아 있을 때였다. '오늘은 수업 준비로 바쁘니 내일 걸어야겠다.' '걸으나 안 걸으나 살도 빠지지 않는 걸. 에구, 맥 빠져. 오늘은 쉬자.' 핑계는 다양했다.

그러니 선생님의 제안이 마냥 반갑기만 했겠는가. '에구 큰일 났구나! 함께 걸으면 꾀도 못 부릴 텐데. 나는 걸어도 별 소용이 없는데.' 그러면서도 '이제 올 것이 왔구나. 다시 일어나야 할 때인가 보다'라는 생각이 들었다. 어느새 나는 "어머, 감사해요, 선생님. 함께 걷게 되어 기뻐요!"라는 말을 내뱉고 있었다. 이번에도 나의 함께 걷기는 자의가 아닌 타인이 옆구리를 찔러준 덕분에 시작되었다.

변화가
찾아오다

하루를 어떻게 쪼개야 할지 모를 정도로 바쁜 날도 있었다. 하지만 걷기도 내가 오늘 해야 할 일, 아니 밥 먹듯이 걸어야 할 하루의 일과 중 하나였다. 바쁜 와중에도 걷고 또 걸으면서 어플에 기록을 남겼다. 단순한 기록이 아닌 삶의 흔적을 남기는 것이었다. 이런 마음으로 함께 걷기 시작한 지 어느덧 100일이 지났다. 그동안 알게 모르게 많은 변화가 내게 찾아왔다. 그중의 하나가 식습관의 변화다.

건강의 적신호가 켜질 때쯤 내게는 식습관에 많은 문제점이 있었다. 식사 시간이 규칙적이지 못했고 무엇보다 밀가루 음식을 좋아했다. 아침부터 라면이나 칼국수를 끓여 먹을 정도로 좋아했다. 몸이 찬 나에게 밀가루는 적이나 마찬가지였다. 밀가루는 소화 장애와 피로 누적을 불러온다고 했다. 그럼에도 불구하고 라면, 칼국수, 부침개, 빵 종류를 좋아했다. 혼자 밥을 먹기 싫을 때는 거의 매일 간단하게 라면을 끓여 먹기 일쑤였다. 라면은 비상식량이 아닌 필수 식량이었던 셈이다. 소화불량으로 불어가는 체중은 퇴장 직전에 경고를 주는 신호였다. 하지만 그 신호를 대수롭지 않게 생각했다.

하루 5킬로미터 걷기를 하면서 그 좋아하던 라면도 과감하게 끊었다. 아예 장을 볼 때 라면은 구매 품목란에서 제외시켰다. 그러다 보니 가족들도 자연스레 라면과 멀어졌다. 라면광이었던 아들도 엄마가 끊으니 자연스럽게 줄이게 되었다. 일석이조였다. 밀가루 음식도 가능한 먹지 않으려 노력했다. 우리 집 식탁 위에는 늘 빵이 놓여 있었다. 아침에는 토스트를 즐겨 먹었고 아이들 간식도 거의 빵을 준비했었다.

하지만 지금은 식탁에서 빵 바구니를 보는 날이 거의 없다. 밀가루가 주성분인 빵도 과감하게 뺑 차버렸다. 하지만 밀가루 음식 자체가 힘들 때도 있었다. 지인들과 만났을 때, 모두 칼국수를 먹으러 가자고 하는데 나 혼자만 싫다고 할 수는 없었다. 이럴 때는 조금 적게 먹는 것을 선택했다. 끊고 줄이는 방법으로 습관을 들이다 보니 자연스레 밀가루와 멀어지고 소화불량도 완화되었다. 100일 함께 걷기를 하면서 소중한 한 가지를 알게 되었다. 바로 주부의 건강한 식습관이 가족의 건강을 지킨다는 것이다.

걷기는 내게 식습관의 변화뿐 아니라 건강의 변화도 가져다주었다. 늘 빌빌거리며 맥을 추지 못하던 여름이 사라진 것이다. 여름만 되면 단골손님처럼 찾아오던 편두통도 없어졌다. 펌프질 해대며 머리를 조여오던 두통이 걷기를 하면서부터 사라진 것이다. 그동안 두통이 심했던 사람이 맞나 싶을 정도다. 혈압도 정상 범주로 돌아왔다. 걷고 난 후 다른 사람의 눈에도 보이는 변화는 체중 감량이었다. 2015년 5월 58킬로그램이었던 몸무게는 현재 52킬로그램이 되었다. 무리한 다이어트가 아닌 100일 걷기와 식습관 조절로 건강한 다이어트를 한 셈이다. 현재는 더 이상의 감량보다는 유지에 신경 쓰고 있다. 몸이 가벼우니 마음도 가볍다.

몸의 변화와 함께 마음에도 변화가 찾아왔다. 나락으로 떨어지던 마음도 건강함을 찾았다. 부부 함께 걷기에서 느낄 수 없었던 변화를 100일 함께 걷기를 하면서 맛보았다. 걷기를 하면서 면역력이 키워진 것도 있지만, 남편은 내가 100일 함께 걷기를 하면서 쓰기 시작한 단상이 변화에 한몫을 했다고 말한다. 남편도 걷기를 하면서 자연과 대화하고 사유하면서 스트레스를 다스리고 있다. 걷기를 하지 않았다면 아마 스트레스로 인해 벌써 폭발했을 것이라 말한다. 걷기는 느림의 미학이다. 스트레스는 빠름과 조급함에서 온다. 삶이 혼란스러울 때 나는 다시 길을 나선다. 걷고 또 걷다 보면 나 자신을 오롯이 만날 수 있다. 울퉁불퉁 혼란스런 마음을 길을 걸으면서 매만졌다. 그렇게 걷기는 내게 마음의 건강까지 되찾아주었다.

나는
이렇게 걷는다

하루에 5킬로미터를 걷는 방법에는 여러 가지가 있다. 내가 주로 이용하는 방법은 늘 같은 시간대에 걷는 것이다. 매일 저녁 8시쯤에 나가 1시간 30분 정도 약 5~6킬로미터를 걷는다. 가능한 같은 시간대를 고집하는 이유는 몸이 기억하게 하기 위해서다. 같은 시간대에 걷기는 효과적이다. 습관이 되면 그 시간만 되면 몸이 먼저 걷고 싶어 한다. 몸의 기억은 자연스럽게 규칙적 걷기를 하게 만든다.

다음은 같은 코스 걷기다. 나는 집 주변 하천을 큰 코스로 잡았다. 그리고 큰 코스 안에 나만의 작은 코스 4개를 정해놓고 다녔다. 안양천을 중심으로 광장 코스, 다리 코스, 우주선 코스, 목감천 코스로 나누었다. 물론 코스별 이름은 내가 정했다. 조금 짧게 걷고 싶으면 우주선 코스로, 길게 쭉 걷고 싶으면 광장 코스로 걸었다. 같은 코스는 익숙하다. 익숙함은 자신의 리듬에 맞는 걷기를 할 수 있게 한다. 예상되는 시간이며 거리를 알고 있으니 무리하지 않게 된다.

하천 걷기뿐 아니라 일상 걷기도 한다. 일상 걷기는 그야말로 생활 속 걷기다. 집안일을 하면서 부지런히 왔다 갔다 한다. 동선이 짧긴 하지만 다람쥐 쳇바퀴 돌 듯 좁은 공간을 최대한 활용한다. 잔걸음이라도 계속 움직인다. 설거지를 하면서도 움직인다. 단지 5킬로미터를 채우기 위해서만은 아니다. 어플이 작동되는 핸드폰을 몸에 지니지 않아도 계속 움직이게 된다. 이러한 일상 걷기는 대중교통을 이용할 때도 계속된다. 전철을 탔을 때는 목적지 한 코스 전 역에서 내리거나 한 코스를 지나쳐 내리기도 한다. 집 앞에 전철역을 두고도 걷기의 수고스러움을 마다하지 않는다. 전철을 기다리면서도 계속 움직인다. 100일 함께 걷기 후 변화된 것 중 하나는 에스컬레이터를 거

의 이용하지 않는 것이다. 걷기 위해 일부러 계단을 찾는다. 이런 수
고스러움이 즐거움으로 다가온다. 걷기는 즐거움 그 자체이다.

걷는 것은 자신을 세계로 열어놓는 것이다. 발로, 다리로, 몸으로 걸
으면서 인간은 자신의 실존에 대한 행복한 감정을 되찾는다. 발로
걸어가는 인간은 모든 감각기관의 모공을 활짝 열어주는 능동적 형
식의 명상으로 빠져든다. 그 명상에서 돌아올 때면 가끔 사람이 달
라져서 당장의 삶을 지배하는 다급한 일에 매달리기보다는 시간을
그윽하게 즐기는 경향을 보인다. 걷는다는 것은 잠시 동안 혹은 오
랫동안 자신의 몸으로 사는 것이다. 숲이나 길, 혹은 오솔길에 몸을
맡기고 걷는다고 해서 무질서한 세상이 지워지거나 늘어만 가는 의
무들을 면제받는 것은 아니지만 그 덕분에 숨을 가다듬고 전신의 감
각들을 예리하게 갈고 호기심을 새로이 할 수 있는 기회를 얻게 된
다. 걷는다는 것은 대개 자신을 한곳에 집중하기 위하여 에돌아가는
것을 뜻한다.

– 『걷기예찬』, 다비드 르 브르통 지음, 김화영 옮김, 현대문학, 2002

함께 걷기는
계속 된다

누군가는 동행이 있으면 어쩔 수 없이 부딪치고 방해받는다고 말한
다. 자신의 기본 리듬을 알아내어 유지해야 한다고 말하기도 한다.

학당의 100일 함께 걷기는 혼자 걷기이자 함께 걷기다. 각자의 리듬에 맞춰 매일 5킬로미터라는 목표량을 걷는다. 혼자 걷지만 외롭지 않다. 밤 12시가 가까워 오면 카톡 그룹창은 '생기방'이라 명명하고 싶을 정도로 활기차다.

모두 함께 걷고 있다. 함께 걷기에는 삶과 건강이 있다. 사람이 있다. 길 위에서 굳이 무언가를 만나려 애쓰지 않아도 된다. 잘 살아보려 다짐하지 않아도 된다. 그저 걷는다. 걷기 위해 나서고 나섰기에 걷는다. 걷다 보면 만나게 되고 어느 순간 그 무언가가 나와 동행하고 있다.

류경희

걷기를
기록한다는 것

나는 프리랜서다. 의자에 앉아 키보드를 두드리는 정적인 세계에서 번역 일을 하고 있다. 전화와 인터넷이 발달한 한국에서는 맘만 먹으면 몇 날 며칠이고 두문불출하며 세상과 대면하지 않고도 살아갈 수 있는 직업이다. 프리랜서 5년차, 적당히 일감도 들어오고 요령도 늘었지만 '정상적인' 삶을 살고 있다는 생각은 들지 않았다. 일감이 들어오면 계획을 세워 진행하는데, 계획에는 언제나 예측할 수 없는 변수가 생겼고 여유롭게 마감을 맞는 일은 불가능했다. 늘 마감을 앞두고 '지옥의 레이스'가 시작됐다. 외부와의 '접촉'은 끊고 인터넷으로만 '접속'하는 삶, 밤낮이 뒤바뀌고 끼니를 챙기거나 씻는 일 따위에 신경 쓸 겨를도 없고, 엉망진창으로 무너진 일상 속에서도 온 정신을 오로지 일하는 데만 집중해야 하는 생활을 버텨야 했다. 수면 부족이나 영양실조 또는 극심한 스트레스로 인한 '뒷골 당김'으로 쓰러지는 거 아닌가 싶을 때쯤 마감일은 지나갔고, 난 그야말로

'녹다운'되기 일쑤였다.

이렇게 살다간 제명대로 못 살지 싶었다. 일이 몰릴 때면 정신력으로 간신히 버티긴 했지만, 체력이 부족해서 그런지 일이 끝날 때마다 며칠이고 몸살을 앓았고 지긋지긋한 편두통이 찾아왔다. 신기한 건 한창 일할 때는 전혀 조짐이 없다가 마감만 하면 귀신같이 편두통이 시작된다는 것이다. 편두통의 고통은 겪어보지 않은 사람은 상상도 못할 만큼 끔찍하다. 가늘고 뾰족한 꼬챙이가 맥박에 맞춰 머리를 찔러댔고 머릿속에서는 날카로운 비명이 들려왔다. 병원에서는 '스트레스성 질환'이란 말만 반복했다. 그런 이유로 마감일은 해방일이자 한편으론 또 다른 지옥문이 열리는 날이기도 했다.

난 건강하고 행복하게 살고 싶었다. 하지만 평화로운 일상은 거저 얻어지지 않는다. 나 같은 프리랜서에게는 적절한 통제와 규칙, 그리고 철저한 자기관리가 필요했다. 그때쯤인 것 같다. 숭례문학당의 '100일 함께 걷기' 공고를 접한 게. 처음엔 '걷기? 그게 뭐 대단한 거라고!'라며 대수롭지 않게 넘겼다. 그런데 '주 7일 매일 5킬로미터'라는 문구를 본 순간, '어라, 이거 괜찮은데?'라며 쾌재를 불렀다.

나만의 루트를
개척하다

걷기로 마음은 먹었지만, 주 7일 매일 5킬로미터의 벽은 높았다. 그때까지만 해도 난 길이 2미터, 폭 1미터 내외의 러닝 머신 위를 달리는 데 더 익숙했다. 바쁜 현대인에게 헬스장의 러닝 머신은 가장 효율적이고 합리적인 운동 수단이었다. 아니, 헬스장이라는 공간 자체가 그렇다. 1년 365일 최적의 온도와 습도, 요즘에는 심지어 산소까지 맞춤으로 제공한다. 이러한 '최첨단' 헬스장은 우리에게 많은 것을 요구하지 않는다. 돈만 내면 봄여름가을겨울 반팔과 반바지 차림만으로 최적화된 공간에서 운동할 수 있다. 그리고 햇볕도 바람도 없는 그곳에서 오로지 운동에만 집중할 수 있다.

10월 중순부터 시작된 100일 함께 걷기는 나를 러닝 머신에서 끌어내려 춥고 냄새나는 거리로 내몰았다. 완연한 가을로 접어드니 아침저녁으로 기온이 급격히 내려갔고 은행이 후드득 떨어진 거리에선 코를 찌르는 진한 향이 나를 괴롭혔다. 하지만 10분쯤 걸으니 등이 뜨거워지고 콧등에선 땀이 송골송골 맺혔다. 지독한 은행 냄새에도 차츰 적응됐다. 그런 것들에 신경 쓰기엔 청명한 가을 하늘이, 시원한 바람이, 바스락거리는 낙엽이, 따사로운 햇볕이 너무나도 아름다웠다. 거리로 나오니 건물에서 건물로 이동하는 무미건조한 삶 속에서 합리성과 효율의 덫에 빠져 허우적대던 내가 보였다. 하늘과 땅, 바람과 햇살, 온갖 나무와 풀들의 향기 속에서 편안함과 자유로움이 느껴졌다. 겨울이면 두껍게 껴입어야 하는 옷이 거추장스러웠고, 여름에는 더위와 싸워야 했다. 때로는 은행 냄새에 인상을 찌푸리고 뿌연 미세먼지로 뒤덮인 하늘을 원망할 때도 있지만, 그것이 바로 자연스러운 인간의 삶이 아닐까? 러닝 머신을 벗어난 거리에서 난 대한민국의 사계절을 두 발로 걸어 관통하리라 마음먹었다.

러닝 머신에서 내려온 내가 가장 먼저 떠올린 곳은 집에서 10여 분 거리에 위치한 경기장이었다. 집에서 경기장까지 왕복 2킬로미터, 400미터짜리 트랙을 8바퀴 돌면 5킬로미터가 채워졌다. 하지만 트랙을 반복해서 돌다 보니 '이게 헬스장의 러닝 머신과 뭐가 다르지?' 싶었다. 시계 방향으로 동그란 원을 그리며 걸어야 하는 경기장의 트랙은 한번 올라가면 내려올 때까지 똑같은 벽을 바라보며 제자리걸음을 반복하는 러닝 머신과 유사했다. 반대 방향으로 돌아서도 안 되고 원을 벗어나 축구장을 가로질러서도 안 된다. 정해진 하얀 선을 따라 원을 그리며 걷는 트랙은 보이지 않는 굴레이자 족쇄였다. 좁고 차가운 러닝 머신을 벗어나 트랙이라는 원형 감옥으로 들어온 꼴이었다. 나는 틀에서 벗어나고 싶었다.

문제는 내가 '길치'라는 데 있었다. 트랙에서 나와 발길 닿는 대로 걸었지만, 매번 길을 찾지 못해 진땀을 흘리는 상황이 연출되었다. 핸드폰에 탑재된 '네이버 지도'를 몇 번이나 확인하고 지나가는 사람들을 붙잡아 길을 물어보기를 반복하던 어느 날, 나만의 루트가 있으면 좋겠다는 생각이 들었다. 나는 '나이키 러닝 어플'을 최대한 활용했다. 이 어플은 그날 걸은 거리와 시간, 속도는 물론이고 GPS 기능이 있어 내가 걸었던 길을 기록해준다. 또한, 원하는 거리나 시간마다 음성으로 시간과 거리, 속도를 알려주는 피드백 설정도 제공한다. 처음엔 0.5킬로미터마다 음성 피드백을 받을 수 있게 설정한 뒤 2.5킬로미터 되는 지점까지 원하는 길을 걸었다. 그 지점에서 다시 왔던 길로 돌아가되 가는 길과 오는 길을 다르게 했다. 집으로 돌아와선 내가 걸어온 길을 지도로 확인하며 다음 갈 길을 계획했다. 그렇게 코스 개발에 돌입한 지 며칠 만에 도로변을 끼고 걷는 상행선과 상가를 끼고 걷는 하행선으로 이루어진 나만의 루트를 완성했다. 그 루트에 '덕 A코스'라는 이름을 붙여주었다. 그때부터 난 맘편하게 '덕 A코스'를 활보했고, 일주일에 5일 이상 그 길을 걸으며 뿌듯해했다.

걷기를
기록하다

프리랜서로 살아남기 위해서는 규칙적인 생활과 운동이 반드시 필요하다. 언제 일이 들어올지 알 수 없고, 자신이 일한 만큼 버는 프리랜서이기에 자주 아파서도 안 된다. 따라서 체력은 가장 큰 경쟁력이었다. 내가 걷기를 소중한 일과로 여기고, 건강에 대한 관심을 확장시키게 된 이유도 여기에 있다.

　매일 쉬지 않고 걷다 보니 걷기뿐 아니라 내 몸의 전반적인 균형과 흐름에 대한 관심이 커졌다. 평소 간헐적으로 하던 아쉬탕가 요가와 근육 운동을 본격적으로 추가해보자 싶었다. 그리고 스스로 점검하고 보완하기 위해 엑셀 표를 만들어 기록하기 시작했다. 다행히 '100일 함께 걷기'를 시작한 날부터의 모든 기록은 나이키 러닝 어플에 저장되어 있었다. '그룹방'에서 선생님이 제안한 '하루 1.5리터' 물 마시기도 추가했다. 건강 기록에는 하루 동안 걸은 거리와 근육운동 시간, 수분 섭취량, 기상 및 취침 시간이 포함되었다. 평소 물 마시기의 중요성은 알고 있었지만 실천하지 못하던 터라 잘됐다 싶었다. 하지만 워낙 습관이 안 배어 있어서 목표치를 하루 1리터로 수정했다. 일정한 기상, 취침 시간은 올바른 수면 습관을 위한 기록이다. 규칙적인 생활을 위해서도 필요한 조치였다. 일하면서 늘 수면 부족에 시달리니 몸이 축나는 것은 당연지사. 아침에 일어나서 운동으로 하루를 시작하고 직장인들처럼 오전 9시부터 오후 6시까지 일한 뒤 밤에 자는 생활이 절실했다. 수면 시간을 기록함으로써 가시적인 수치를 확인할 필요가 있었다. 이런 걷기와 건강 기록에 덧붙여 걸으며 보고 느낀 것들에 관한 단상도 함께 썼다.

매일 걷는 데 익숙해진 나는 자연스럽게 주변을 둘러보며 관찰하고 나 자신과 나를 둘러싼 세계에 대해 깊이 생각하게 되었다. 이 시간은 분명 예전에는 없던 시간이었고, 새롭게 주어진 환경은 나를 신선한 자극과 즐거움으로 이끌었다. 매일 보던 하늘과 땅, 거리와 사람들조차 그 시간 안에서 만큼은 호기심의 대상이 되었고, 생각에 생각이 더해져 작은 깨달음을 얻거나 새로운 발견을 하기도 했다. 그때 느꼈던 흥분과 감격을 놓치기 아쉬워 단상을 쓰기 시작했고, 그룹방을 통해 다른 회원들과 공유했다. 회원들은 열렬한 환호와 공감으로 회답해주었다. 손바닥만 한 핸드폰 그룹방은 내게 또 다른 세계로 통하는 문과 같았다. 그 안에서 나는 마치 작가라도 된 양 며칠에 한 번씩 글을 써서 '발표'했고, 독자들의 반응을 살폈다. 그리고 내친김에 블로그로 영역을 넓혀 좀 더 긴 길을 써보기도 했다.

집에서 500미터 정도 걷다 보면 버스 정류장이 나오는데 그 뒤편 좁은 길 담벼락에 담쟁이덩굴이 자란다. 매일 같은 길을 걷다 보니 하루 두 번은 꼬박 버스 정류장을 지나치는 셈이다. 지나칠 때는 몰랐다. 무성하게 피어오르는 담쟁이덩굴이 품고 있는 아름다움을. 그러다 문득, 무슨 조화인지는 모르겠으나, 힘차게 뻗어 나가는 담쟁이덩굴의 거친 숨결이 느껴지기 시작했다. 어느새 난 매일 그곳의 담쟁이덩굴을 흘끗거리게 되었고, 제멋대로 자라나는 그들의 기하학적이고 아방가르드한 뻗침과 형상을 유심히 관찰하게 되었다. 때로는 스치듯이, 때로는 신발 끈을 고쳐 매는 순간 우연인 듯 아닌 듯 애매하게, 그렇게 조금씩 담쟁이덩굴의 자유로운 스케치에 매료되어갔다.

오늘은 그들과 정식으로 마주한 채 바닥부터 담 너머로까지 이어지는 굵고 얇은 줄기의 흐름을 따라가 보았다. 흩어졌다 만나고 만났다 흩어지기를 반복하는 잔줄기의 춤사위에 '얼쑤절쑤' 장단을 맞추며 말로 형용할 수 없는 희열에 휩싸였다. 얼기설기 이어진 담쟁이덩굴은 무질서한 세계 속에서 독보적인 아름다움을 발하고 있었다. 아무렇게나 자라난 망나니 같은 녀석에게 느껴지는 거칠지만 순수하고 청순한 모습에 넋을 잃고 만 것이다. 혼돈과 부조화 속에서 찾은 안정이란 것이 바로 이런 걸까? 난 문도 길도 없는 벽 앞에서 담쟁이덩굴의 뜨겁게 타오르는 생명력과 무한대에 버금가는 자유로움을 만끽하며 황홀경을 느꼈다. 그것은 바로 격格을 파破한 아름다움美이었다.

글감은 거리 구석구석, 길모퉁이, 바닥에 수북이 쌓인 낙엽, 건널목의 빨간 신호등, 고개 숙인 사람들의 뒷모습, 청소부의 주름진 이마와 땀방울 속에 널려 있었다. 난 그것들을 하나씩 수거해 '나'라는 프리즘을 통해 글로 쏟아냈다. 3줄짜리 단상이든 원고지 10매에 달하는 긴 글이든 나중에는 쓰는 행위의 즐거움에 빠져 글을 썼다. 나가기 귀찮은 날에도 글쓰기의 즐거움이 기어이 나를 밖으로 나가 걷게 했다.

각자의 걷기 기록을 올리는 숙제 제출 공간으로 사용되던 그룹방은 점차 단상을 쓰고 읽고 공감하는 세계로 진화했다. 시간이 흐르자 나뿐만 아니라 다른 회원들도 각자 걸으며 느꼈던 것을 공유하기 시작했다. 적게 걸은 날은 왜 그럴 수밖에 없었는지, 많이 걸은 날은 어딜 다녀왔는지를 이야기했다. 서로의 소소한 일상까지 공유하게 된 우린 훨씬 더 편안한 분위기에서 단상을 쓰고 공유했다. 난 유치한 시를 쓰기도 하고, 내가 사용하는 어플의 후기를 써보기도 했다. 그리고 사진을 찍고 재미난 제목을 붙이거나 상상의 나래를 펼쳐보기도 했다.

연말연시는 늘 고향 제주도에서 보내던 나는 열흘간 머무는 동안에도 걷기와 기록을 멈추지 않았다. 고향에서의 걷기는 오히려 또 다른 모험처럼 느껴져 설레기까지 했다. 제주도의 '바람 따귀'를 맞으며 걷던 순간과 습기 찬 방파제 길을 걸으며 느꼈던 감상, 1월 1일

성산일출봉에서 바라본 멋진 풍경 등을 고스란히 단상으로 남겼다. 이젠 단상만 봐도 그날 내가 뭘 했고 무엇을 느꼈는지 알 수 있다.

100일이 지난 현재, 지금까지의 기록을 보면 나의 건강 상태의 변화를 단번에 확인할 수 있다. 우선 하루도 빼먹지 않은 걷기 기록이 나를 미소 짓게 한다. 처음에 하루 5킬로미터로 시작한 걷기는 하루 평균 7.4킬로미터로 증가했고, 100일간 총 746.59킬로미터를 걸었다. 인천 아라뱃길에서부터 부산 낙동강 하굿둑에 이르는 국토 종주 코스가 약 633킬로미터인 점을 고려하면, 100일간 국토 종주를 하고도 100킬로미터나 더 되는 거리를 걸은 셈이다. 하루에 적게는 1시간, 많게는 2시간가량을 걷는 데 할애했다. 근육 운동은 2일 1회를 목표로 삼았으나 3일 1회로 끝났다. 아쉽지만 '초보자가 이 정도면 됐지'라며 스스로 위안 삼으려 한다.

물 마시기도 매월 조금이나마 증가 추세를 보였다. 아직 평균 0.82리터에 불과하지만 나아지고 있다는 것이 중요하다. 이렇게 몇 달만 노력하면 하루 1.5리터 물 마시기도 분명히 가능할 것이다. 단상 기록은 100일간 스스로 반성하고 위로하며 각오를 다질 수 있는 원동력이 되었다. 앞으로는 매일 단상 쓰기에 도전해볼 생각이다. 일일이 기록하지는 않았지만 체중 변화도 두드러졌다. 특별히 다이어트를 목표로 한 것도 아닌데 매달 1킬로그램씩 빠져 100일간 3.5킬로그램이나 감량된 것은 기대치 못한 결과여서 놀랐다. 기록을 시작한 이상 원하는 결과가 나올 때까지 계속할 생각이다. 기록이 쌓일수록 건강한 삶으로 한걸음 더 나아가고 있다는 확신이 든다.

앞으로 앞으로

"독한 년!" 100일간 하루도 쉬지 않고 매일 5킬로미터 이상 걸었다는 얘기를 들려주니 친구가 농담조로 말했다. 그렇다. 100일이 지난 지금 난 지독하게 걷는 사람으로 바뀌었다. 이젠 언제 어디서나, 누굴 만나든, 날씨가 어떻든 간에 상관없이 길을 걷는다. 내 건강한 두 다리로 거리를 걷는 게 좋고, 걸으며 노래를 듣고, 생각에 빠지고, 세상을 구경하는 게 좋다. 집에 돌아와 그날 걸으며 몰두했던 생각들을 반추해보는 시간도 좋다. 이제 걷기는 하루를 기록하고 인생을 기록하는 수단이자, 내 삶을 바로 세우는 중심추가 되었다.

무언가를 하기 위해 매일 시간을 할애한다는 것은 결코 가벼운 일이 아니다. 그만큼의 관심과 애정을 쏟으며 책임과 의무감을 떠안았다는 뜻이다. 처음에는 신나게 재밌게 걸었고, 다음부터는 땀나게 치열하게 걸었다. 그리하여 막바지에는 초연하게 우직하게 걸을 수 있었다. 그동안 나는 감기 한 번 앓지 않았고 어떤 악천후에도 1시간 이상 밖으로 나가 자신과의 약속을 꿋꿋이 지켰다. 매일 걷기로 기초 체력을 다진 나는 "기운 없어 보인다"는 말 대신 처음으로 "건강해 보인다"는 칭찬을 들었다. 스트레스가 몰려올 때마다 밖으로 나가 걸어서 그런지 일만 끝나면 도지던 편두통도 말끔히 사라졌다. 매일 바람을 쐬고 햇빛을 보며 꾸준히 걸은 대가로 생각보다 큰 선물을 받았다.

100일 함께 걷기, 혼자 했다면 불가능한 것들을 함께라서 해낼 수 있었다. 100일간 열심히 걸었고 함께 울고 웃었다. 각자의 발로 한

걸음 한걸음 걸어온 시간을 공유했기에 그 앞에서 겸손할 수 있었고 마음을 열 수 있었다. 100일 함께 걷기는 끝났지만 나의 걷기는 앞으로도 계속될 것이다.

김정자

널리 널리
퍼져라,
건강이여!

걸어야 산다

'100일 함께 걷기'를 하려고 마음먹은 이유는 단 하나, 건강하고 싶어서였다. 50대 중반을 넘어서며 점점 떨어지는 활기를 되찾아 '건강함'을 생생하게 느끼고 싶었고, '건강한 배움의 즐거움'이 기업 슬로건인 교육회사 CEO로서 건강한 몸과 정신을 유지하고 싶었다.

나는 젊어서부터 운동을 꽤 즐겼는데 그중에서도 즐겁게 취미 삼을 수 있는 것들을 주로 해왔다. 봄·가을에는 골프, 여름에는 수상 스키, 겨울에는 스키를 즐겼다. 골프를 제외한 나머지 두 가지 운동은 다소 거친 편이라 운동량이 상당했다. 덕분에 건강함과 근육질 몸을 유지할 수 있었다. 과격한 취미는 종종 가족의 걱정을 샀지만 짜릿한 즐거움과 근육 선이 살아 있는 몸을 포기하기란 쉽지 않았다.

하지만 5년 전, 50대에 갓 들어서자마자 결국 사달이 났다. 스키는 무릎과 허리를 많이 쓰는 운동이라, 하체와 허리를 강하게 만들어주기도 하지만 동시에 부상의 위험도 커서 각별히 조심해야 한다. 고등학교 시절에 축구를 하다가 무릎 연골을 다치는 바람에 특히 무릎을 곱게 써야 했는데, 오랫동안 막 쓴 것이 결국 화근이었다. "무릎을 아예 못 쓰려면 계속 타세요." 30년 만에 병원을 찾았을 때, 의사의 비정한 이 한마디를 듣고는 운동 장비를 다 창고에 넣어버렸다.

그 이후로 내가 할 수 있는 운동은 극히 제한되었다. 무릎 관절을 최대한 적게 쓰면서 근력과 유연성을 확보해야 했다. 대표적인 운동으로 걷기, 자전거, 수영, 스쿼트가 있고 스트레칭은 기본이었다. 수년간 여러 시도를 해봤지만 나만의 운동이라는 것을 딱히 찾지 못했다. 한강 고수부지에서 사고를 크게 당한 이후로 자전거는 완전히 포기했고, 수영은 시간을 너무 많이 들여야 해서, 헬스장은 답답해서 다니다 말다 하기를 반복했다. 걷기가 좋다는 이야기를 많이 듣긴 했지만 혼자 걷는 것은 노인이나 하는 운동 같았다. 운동 부족 상태에서 가끔 치는 골프는 몸을 더 경직되게 만들었고 내 몸은 점점 지치고 있었다.

가을에 접어들 무렵, 숭례문학당의 '100일 함께 걷기' 모임에 초대받았다. 100일 동안 매일 5킬로미터 이상 걷기! 귀가 솔깃했다. 그 당시 내가 할 수 있는 운동이란 걷기밖에 없었으니까. 한편 승용차로 출퇴근하고 근무 시간 중에는 대부분 회의나 자료 검토로 보내기 때문에 '과연 내가 100일 동안 매일 5킬로미터를 걸을 수 있을까'라는 걱정이 들었다. 하지만 걱정도 잠시, 나는 앞뒤 가리지 않고 참여하겠노라 응했다. '마감이 있는 함께 읽기'를 통해 혼자서는 힘들었을 완독을 제대로 경험했기 때문이다. 비록 카카오톡으로 만나지만 함께 걷는 동지가 있다면 할 수 있겠다는 자신감이 발동했다. '그래! 이건 어쩌면 마지막 기회일지도 몰라.'

'100일 함께 걷기'의 효과는 굉장했다. 육체적 건강은 물론이거니와 마치 스키가 단단한 근육질 몸을 만들었듯, 좋은 습관이라는 근육이 석 달 열흘에 걸쳐 차곡차곡 내 몸에 붙어갔다. 그렇게 꾸준히 걷는 동안 육체적 활력은 물론 예상치 못했던 또 다른 건강함이 삶의 곳곳에서 솟아났다.

두 다리로 만드는
피로회복제

걷기 시작한 지 한 달쯤 지날 무렵의 일이다. 걷기에 재미는 붙였지만 아직 몸에 익지는 않아 조금만 소홀히 해도 5킬로미터를 못 채우던 시기였다. 또한 한 해를 마무리하고 새해 사업 전략을 수립해야 하는 바쁜 시기이기도 했다. 회사의 CEO 입장에서는 연중 가장 중요한 때였으니, 밤늦게 귀가하는 날이 잦았고 이런저런 고민으로 숙면을 취하지 못해 무거운 몸으로 출근하기 일쑤였다. 과음이라도 하면 한 주가 고된 것은 두말할 필요가 없었다. 아침부터 오후까지 마라톤 회의를 하다 보면 뒷머리가 점점 당기면서 몸도 마음도 무거웠다. 오후 5시경에는 그야말로 최악이었다. 새벽 5시에 일어나서 12시간을 움직였으니 그럴 만도 했다. 한 달 남짓 매일 걸었지만 지난 몇 년 동안 관리하지 않은 몸이 완전히 돌아올 리 만무했다.

만약 '100일 함께 걷기'를 하지 않았다면 아마 저녁 식사를 하고 들어와 또 일을 하거나 처진 몸을 달래려고 맥주나 한잔 했을 것이다. 아니면 뻣뻣한 뒷목을 풀려고 사우나를 찾았을지도 모른다. 하지만 일체의 고민 없이 운동화를 고쳐 매고는 어둑어둑해진 회사 골목길로 뛰쳐나갔다. 찜질이나 마사지는 그때뿐이란 것을, 한잔의 맥주는 다음 날 더 피로하게 만든다는 것을 잘 알기 때문이다. 그래서 걸었다. '천천히 걸어서는 안 된다, 지금까지의 여유 있는 걸음이 아니라 빠른 걸음으로 숨이 차오를 때까지 걷자'라는 생각으로 앞만 보고 걸었다. 잡념을 떨쳐버리고 오직 걷는 행위에만 집중했다. 허리도 바로 세우고 머리 위치도 이리저리 맞춰보고 팔도 적당히 흔들면서 나의 의지대로 다리를 움직였다. 오른발 왼발 반복적으로 몸의 중심을 옮겼다. 가빠진 호흡이 걸음을 방해하지 않도록 크게 심호흡을 했다.

그렇게 집중해서 50분쯤 걷다 보면 갑자기 목 뒤에서 뜨거운 열기가 확 느껴진다. 순간 거짓말처럼 목이 편해지고 머리까지 맑아지면서 스트레스가 사라져버린다. 혈액순환이 잘 되어서인지, 긴장 상태가 완전히 풀려서인지는 알 수 없다. 다만 확실한 것은 걷기에 집중하니 머리가 맑아진다는 사실이다. 맑아진 머리로 사무실로 돌아와 좀 전에 읽던 자료를 다시 살펴본다. 아이가 장난감을 다루듯 호기심이 발동하면서 일이 놀이가 된다. 지금도 머리가 무거우면 하던 일을 멈추고 걷다 들어온다. 일하다 지친 뇌에 이만한 각성제가 어디 있으랴. 내 두 다리로 세상에서 가장 건강한 피로회복제를 만들 수 있는데, 바쁜 시간을 쪼개 걷는 일을 어찌 마다하랴.

> 나에게는 주치의가 둘이 있는데 바로 왼쪽 다리와 오른쪽 다리이다.
> 몸과 마음이 고장날 때 나는 이 의사들을 찾아가면 다시 건강해지리
> 라는 것을 알고 있다.
> - G. M. 트리벨리언

CEO와 직원 사이에
벽이 트이다

내가 근무하는 사무실은 홍대입구역 근처, 서울에서 가장 핫한 곳이다. 사무실에서 1~2분만 걸어 나와도 젊음과 개성이 넘치는 홍대 문화를 만끽할 수 있다. 새로 입사하는 직원들은 '맛집이 많다'며 좋아라 한다. 하지만 2~3년만 지나다 보면 다람쥐 쳇바퀴 돌듯 가는 곳만 가게 되는데, 홍대 근처를 부지런히 걷던 어느 날 '연남동 경의선 숲길'을 알게 되었다. 사무실에서 단 10분 걸리는 곳으로 마치 먼여행이라도 온 것 같은 착각에 빠지게 만드는 멋진 곳이다. 그래서 100일 걷기 50여 일째 될 무렵에는 매일 그곳을 찾았다.

어느 날 출근하자마자 그 숲길을 걷고 싶어졌다. 노랗게 물든 숲길이 눈앞에 어른거렸기 때문일까. 오전 내내 엉덩이를 제대로 붙이지 못한 나는, 점심을 먹으러 나가는 직원들에게 "우리, 밥도 먹고

산책도 좀 하자"고 꼬드겼다. 간단하게 밥을 먹고는 목적지도 말하지 않은 채 무작정 그곳으로 걷기 시작했다. 가는 중에 비가 내리기 시작했고, 직원들은 "도대체 어딜 가는 겁니까? 비도 오는데 돌아가시죠"라고 말했다. 편의점에 쑥 들어간 나는 비닐 우산을 하나씩 건네주고는 묵묵부답으로 다시 걷기만 했다. 내가 좋다고 상대에게 강요하거나 호들갑을 떨고 싶지는 않았다. 그러나 사실 직원들이 어떤 반응을 보일지 궁금했다.

멀리 은행나무가 보이기 시작했고 숲길에 막 접어든 순간 직원들의 입에서 환호성이 터져 나왔다. "와! 우리 동네에 이런 곳이 있었네요", "내일 팀원들이랑 와야겠어요", "점심은 샌드위치로 때우고 매일 걸으면 안 될까요?", "이번 주말에 아이들이랑 올래요" 등등. 직원들의 얼굴이 환해지니 내 마음도 덩달아 밝아졌다. 강물에 비친 듯 혹은 데칼코마니 작업을 한 듯 반쯤 잎을 떨군 은행나무, 노란 은행나무 덕분에 더 앙증맞은 감나무, 맑은 개울물과 미나리, 옛 기찻길에서 잘 모셔온 철로와 목침. 탄성을 지를 만했다.

'왜 그토록 기뻤을까?' 하고 생각해보았다. 도대체 나를 흥분시킨 것은 무엇일까? 예상치 못한 풍경뿐만 아니라 그 풍경을 함께 나눈 '사람'이 있었기 때문은 아닐까? 나는 직원들에게 걷기와 여유 그리고 자연을 선물하고 싶었다. 일상에서 벗어나 아니 일상 속에서도 조금만 걸으면 새로운 세상을 만날 수 있다는 것을 보여주고 싶었다.

어느 회사나 CEO와 직원 사이에는 벽이 있다. 점심을 먹으면서 자연스럽게 업무 얘기를 나눌 때에도 긴장감이 감돈다. 누적되는 긴

장감은 그 벽을 더 두껍고 높게 만든다. 30분의 짧은 시간이지만, 함께 자연 속을 걸으면서 CEO와 직원 사이의 벽도 탁 트인 숲길로 변하는 순간을 만난 것이다.

> 내가 말하는 걷기는 운동과 아무런 관계도 없다. 걷기는 그 자체로 하루의 일과이며 모험이다. 또한 두 다리가 어디론가 향하고 있을 때 사고의 흐름은 촉진된다.
>
> – 헨리 데이비드 소로

건강한
사유의 발전들

걷기는 오로지 몸을 쓰는 활동이고, 나 역시 걷는 동안에는 무념의 상태를 추구했지만, 1시간 이상 걸을 때는 의도치 않은 사색을 동반한다. 사색과 사색이 쌓여 100일을 마칠 무렵에는 '생각'에 변화가 일어난다. 육체와 영혼의 만남 때문인가, 뜻밖의 소득이다.

첫째, '운동'에 대한 생각이 바뀐 것이다. 책상머리 공부만 공부가 아니라는 것은 이미 알고 있었지만 운동은 왠지 과격하게 몸을 써야만 하는 것인 줄 알았다. 인생 전체가 공부이듯 '모든 활동은 운동이다'라는 것을 확실하게 알게 되었다. 모든 활동이란, 우리가 흔히 말하는 몸을 쓰는 운동에다 건강한 음식을 먹는 것, 휴식과 수면을 잘 취하는 것 이 세 가지를 말한다. 만약 우리가 근육을 만들기 위해 근력 운동은 하고 충분한 음식과 휴식을 취하지 않는다면 근육이 생길 리 없다. 한마디로 먹고 소화하고 저장하고 움직이고 배출하는 모든 행위가 다 운동인 것이다. 이런 깨우침 속에서 100일이 지난 지금, 나는 운동한 다음 식사와 휴식 시간을 매우 소중하게 생각하게 되었다.

둘째, '습관'에 대한 생각도 새롭게 바뀌었다. 내 인생에서 후회스러운 것이 있다면, 꼭 버려야 할 습관을 못 버렸거나 꼭 갖춰야 할 습관을 못 갖춘 것이다. '100일 함께 걷기'는 실행력을 높여서 습관으로 가는 비결을 알게 해주었다. 그건 바로 '함께하기'다. 비록 SNS로 만났지만 그런 동료가 없었다면 100일 완주는 불가능했을 것이다. 부끄럽지만 내 평생 100일을 온전히 집중한 기억이 없기 때문이다. 힘든 등산을 할 때 서로 밀어주고 끌어주던 느낌을 SNS를 통해 주고받으면서 100일을 견뎌냈다. 그러고 보면 좋은 습관이 몸에 밸 때는 항상 동지가 있었다. 이제 혼자가 아니라 항상 함께하는 습관을 들여야겠다고 생각해본다. 꿈도 함께 꾸면 현실이 된다고 하지 않는가.

셋째, '자연'에 대한 생각이 더해졌다. 나의 걷기는 예외 없이 자연과 함께한 시간이었다. 걷기는 하늘, 해와 달, 바람과 비, 은행나무와 감나무, 단풍잎과 낙엽 그리고 여러 길을 나에게 선물했다. 자연이 나에게 오기도 하고 내가 그 속으로 걸어 들어가기도 했다. 살아오면서 이렇게 자연을 느낀 적이 있었던가. 무엇보다 그 자연 속에는 사람들이 있었다. 각양각색의 모습으로 살아가는 민낯의 사람들, 차로 이동하거나 급하게 걸어 다닐 때는 사물처럼 느껴졌던 사람들이 나와 같은 사람으로 다가왔다. 또 다른 나의 모습이기도 했다. 자연 속에서 우리가 걸치고 있는 것들을 다 던져버리고 나면 몸뚱이만 남는 똑같은 사람들. 걷기는 그들에게 연민을 느끼는 순간이었다.

> 나는 걸을 때만 명상에 잠길 수 있다. 걸음을 멈추면 생각도 멈춘다.
> 나의 마음은 언제나 나의 다리와 함께 작동한다.
> – 장 자크 루소

회사에서 사회로
퍼지는 건강

'100일 함께 걷기'를 완주할 무렵 나는 '함께 걷기' 마니아가 되어 있었다. 이렇게 좋은 것을 나 혼자만 할 수 없다는 생각에 2016년도 경영 방침 슬로건을 '같이·가치'로 정했다. 함께하면 가치가 더 커지고, 가치 있는 일을 함께하자는 의미다. 리듬감을 주기 위해 '함께'를 '같이'로 표현하였다.

건강한 배움의 즐거움! 나는 입버릇처럼 "고객에게 건강한 배움의 즐거움을 주려면 우리부터 그 경험을 해야 한다. 그러므로 직장이 최고의 배움터가 되어야 하고 건강한 배움을 위해서는 신체의 건강이 중요하다"고 말해왔다. 그러나 직장인이 건강을 제대로 챙기는 일은 쉬운 일이 아니다. 스트레스는 술자리로 이어지고 담배에 손이 가기도 한다. 직원들은 불규칙적인 식사와 인스턴트 음식으로 건강한 위장을 유지하는 경우가 별로 없다. 운동 부족은 기본이다. 이런저런 요소들의 악순환이 거듭되면서 10년 정도 회사를 다니면 누구나 한두 개의 고질병을 달고 산다.

나 역시 장기 불황 속에서 실적 챙기기도 바빠 직원들을 돌아볼 여유가 없었다. 하지만 장기 불황이기 때문에 CEO로서 직원들의 건강을 더 챙겨야겠다고 마음먹었다. 그래서 기획한 것이 '작심백일 프로젝트'다. '100일 함께 걷기'를 하면서 터득한 요령으로 2016년 을 '함께건강해year'로 정하고, '100일 걷기/금연/다이어트/건강식' 4 개의 프로젝트를 추진하였다. 이 글을 쓰고 있는 지금 1기가 성공적으로 운영되고 있다. 16명이 참여한 금연도 1~2명의 탈락자만 있을 뿐 잘 참아내고 있어, '함께'의 힘을 다시 한 번 느낀다. 올해 4개 프로젝트를 3기로 운영하면 대부분의 직원들이 참여하게 되는 셈이다. 연말이 되면 지금보다 더 건강한 기운이 회사에 돌아, 그 기운은 고객을 넘어 이 사회로 퍼져나가리라 기대한다.

회사에서 '함께' 프로젝트를 할 경우 노하우

직원 건강에 특별히 관심을 가지거나 복리후생이 잘 되어 있는 회사에서 능률교육과 유사한 프로젝트를 운영하는 사례는 많다. 그러나 CEO가 직접 경험한 후 기획과 운영에 참여하는 경우는 많지 않

능률교육 2016년 작심백일 프로젝트 공지문

커뮤니티	1기 2016. 1. 11~2016. 4. 19	2기 2016. 5. 9~2016. 8. 16	3기 2016. 9. 1~2016. 12. 9
백일 같이 건강식	매일 삼시 세끼 건강식을 먹으며 사진 찍어 공유하면 회사에서 매주 1회 건강식을 제공합니다.		
백일 같이 걷기	1개월간 100킬로미터(하루 3킬로미터 어렵지 않아요~) 걸으면 카페테리아 1만 포인트 드려요!		
백일 같이 다이어트	무료로 인바디 검사받으며 함께 다이어트 고고! 기수 종료 시 목표를 달성하면 선물도 드려요!		
백일 같이 금연	금연클리닉에서 금연 도움받고, 1년 금연 성공 시 순금 반지 받는, 대망의 금연 펀드 시작! 추천받은 분은 무조건 가입! 파파라치 조심하세요!		

으므로 나의 경험—3기까지 마친 후에 이 글을 쓴다면 더욱 요긴한 팁을 줄 수 있을 거라는 아쉬움은 있지만—을 살려 몇 가지 팁을 제시한다.

1. 먼저 주관 부서의 담당자가 프로젝트의 취지를 잘 이해해야 한다. 나의 경우처럼 CEO나 책임자가 먼저 경험한 후 전사적으로 시행하면 순조롭게 진행할 수 있다. 그렇지 않은 경우라면, 직원의 건강을 챙기겠다는 의욕이 강한 직원을 담당자로 정해야 한다.

2. 참여도와 성공률을 높일 수 있도록 적절한 동기부여 장치를 마련한다.

3. 참여자에게는 회사를 위한 것이 아니라 본인을 위한 것임을 분명히 전달한다.

4. 커뮤니티(걷기/금연/다이어트 등)별로 책임자를 두되, 업무 부담을 주지 않으면서 활성화가 되도록 한다. 카톡방을 개설하여 커뮤니티별로 10일 단위로 정보를 공유하고, 한 달 단위로 오프라인 모임을 갖고 상호 정보 교류, 격려, 다짐을 공유하는 장을 마련한다.

5. CEO나 리더들은 평소 참여한 직원들에게 관심과 격려의 메시지를 보낸다.

6. 창립기념일 혹은 송년회, 월례 조회 등 행사 시에 성공한 직원에게 포상을 하거나 칭찬을 하여 일회성 행사가 되지 않도록 한다.

7. 여전히 나의 희망 사항이지만, 직원들이 워크숍이나 출장을 갈 경우 의무적으로 1시간 정도 '걷는 시간'을 만들어 활용하는 문화를 만든다. 컨디션 관리, 팀워크, 유연한 사고에 큰 도움이 되리라 믿기 때문이다. 투자할 만한 가치가 있다.

100일,
걷는 인생으로 가는 길목

지난 100일이 주마등같이 지나간다. '100일 함께 걷기'에 실패하면 나의 건강도 끝장이라는 비장함으로 새 운동화를 마련하고, 만보기 어플을 다운로드 받았다. 실행력을 높이기 위해 "100일간 매일 5킬로미터 이상을 걷겠다"는 다짐을 주위 사람들에게 알리기도 했다. 걷기 습관이 배지 않아 한밤중에 혼자 나가 걷다 돌아오는 날도 있었고, 일정상 걸을 여유가 전혀 없을 때에는 새벽 5시에 미리 걸어두는 등 부지런도 떨었다. 어떤 날은 목표량을 겨우 채우기도 하고 어떤 날은 두 배가 훌쩍 넘게 걷기도 했다.

날씨 좋은 가을에 걸었던 초반부는 내리막길을 달리듯 수월했지만 후반부로 갈수록 난관이 많았다. 추위와 싸워야 했고 모임이 잦았던 연말에는 무리한 일정 속에서도 목표치를 걸어야 했다. 행여나 몸이 아프면 여태껏 공들여 걸어온 지난날들이 무너질까봐, 또 최상의 컨디션이 아닌 채로 대충대충 걸으며 목표치만 채우는 등 나 자신을 속이게 될까봐 그 흔한 감기 한 번 걸릴 수 없었다. 그래서 100일 완주의 순간이 다가올수록 더욱 컨디션 관리에 만전을 기했다. 감기 기운이 살짝이라도 있는 날에는 따뜻한 물을 더 많이 마시고 잘 때에도 목 토시를 감고 잤다. 걷기 전에는 없던 습관이었다. 제대로 매일 걸을 생각에 과음은 꿈도 꾸지 않았다. 걷기는 내 생활 전체에 영향을 미치고 있었다.

'100일 함께 걷기'의 최초 목적은 충분히 달성하고도 남았다. 다리가 튼실해졌고 몸도 유연해졌다. 술에 취한 채 혹은 덜 깬 채 걷고 싶지 않았기에 자연스럽게 술을 자제하면서 위염 증상도 거의 사라졌다. 지난 10여 년간 만성적이었던 역류성 식도염은 조금의 증세도 남아 있지 않다. 매일 움직인 결과 몸은 부지런해졌고 머리가 맑아지면서 집중력도 향상되었다. 대단히 가시적인 성과다.

　한 사람의 인생이란 결국 하나의 이야기다. 이제 나의 이야기에는 100일 전에 씨를 뿌렸던 '함께 걷기'가 건강하게 싹트고 있다. 어떻게 이것이 가능했을까. 매일 밤 스스로의 약속을 지켜냈다는 대견함이 무엇보다 소중했다. 그리고 함께 걸었던 동료들의 관심, 칭찬과 격려가 넘쳐나는 걷기방의 특별한 수다, 다양한 사람들이 다양한 곳에서 다양한 시간대에 올린 걷기 단상과 풍경들이 힘이 되었다. 그렇게 위대한 걷기 속에서 일상에서의 답답함이 사라지고 몸과 마음이 자유로워졌다. 삶의 겉껍질을 벗고 알맹이로 진짜배기 인생을 사는 이 기분을 걸어보지 않은 이는 결코 모른다. 그러므로, 나는 내일도 걸을 것이다.

황도순

건강을 되찾다

수술실 침대는 차가웠다. 무엇보다 나를 당황하게 한 것은 수술실의 공기였다. 이 세상에는 존재하지 않을 것 같은 공기와 냄새로 가득했다. 알코올 때문인지 공기는 계속 차가워졌고, 냉기는 피부를 찔렀다. 간호사들과 의사들이 있었지만 사람의 냄새는 전혀 맡을 수 없었다. 알코올 냄새를 풍기는 사람은 사람처럼 느껴지지 않았다. 맨살에 닿는 수술실 침대는 얼음판같이 차가웠고, 침대라기보다 실험실의 해부대 같았다.

 이가 살짝 떨렸다. 해부대 위의 쥐 마냥 무기력했다. 팔다리는 고정되었고, 알 수 없는 호스들이 내 몸을 관통했다. 그리고 마취에 빠져들었다. 순간 내 인생의 카메라가 수술실 눈부신 조명 너머로 줌아웃되는 느낌이 들었다. 내 자신이 한없이 작아 보였다. 두 눈에서 눈물이 흘렀다. 공포의 눈물이라기보다 회한의 눈물에 가까웠다. '나는 내 인생을 알지 못했구나. 나는 내 몸을 홀대했구나.'

집순이에서의
탈출

7년간 금융권 직장을 부단히 애를 쓰며 다녔다. 성과주의에 부응하려고 애써야 했고, 사내 인간관계도 원만히 하려고 노력했다. 원래 내성적인 편이었지만, 사회생활을 하려면 외향적일 필요가 있었다. 또 여자라는 이유로 부딪치는 부조리도 많아서 이를 극복하기 위해 더욱 노력했다. 하지만 오로지 수치로만 평가하는 직장 생활의 결과에 환멸을 느꼈고, 그로 인한 감정 소모는 점점 감당할 수 있는 수준을 넘어섰다. 건강의 이상 징후는 스트레스가 극에 달하고 있을 때쯤 서서히 드러났다.

바쁘다는 이유로 운동을 소홀히 한 것도 건강이 나빠지게 된 결정적 요인이었다. 젊다는 이유로, 건장한 체격이라는 이유로 "아파서 쓰러져보는 게 소원이에요"라며 건강을 장담했다. 그렇게 우스갯소리를 하며 홀대한 내 몸은 어느새 내 인생을 공격하고 있었다. 30대 초반의 어린 나이에 스트레스로 인해 호르몬 수치들이 정상 수준을 벗어나기 시작했고, 내 몸 이곳저곳에는 혹이 자라고 있었다. 건강을 위해서는 뭐든 해야 했다.

하지만 한번 나빠진 몸은 연달아 문제를 일으켰다. 수술 후에 대상포진, 한포진과 같은 면역력 병증도 계속 문제를 일으켰고, 약을 먹으면서 생긴 대사 순환과 호르몬 문제로 아침에 몸이 잘 부었고, 쉽게 지쳤다. 운동과 식습관이 중요했지만 피로와 약해진 체력 때문에 개선할 엄두가 나질 않았다. 건강할 때 열심히 했던 수영과 테니스, 달리기 등을 시도해보기도 했지만 이미 나빠진 몸과 함께 격한 피로감으로 꾸준히 하긴 어려웠다.

그때 숭례문학당의 '100일 함께 걷기'를 만났다. 이 모임이 추구하는 목표는 "하루에 5킬로미터 걷기"였다. 카톡 그룹창에 모인 우리들은 모두 '걷기 어플'을 깔았다. 걷기 어플은 종류가 다양하다. 그중에서 나는 초록과 주황과 빨강의 색감이 이쁜 스텝즈Stepz 어플을 깔았다. 대부분의 최신 스마트폰은 걸을 때 자동으로 걸음 수가 측정된다. 걷기 모임에서 해야 할 일은 단 하나! 앱을 통해 측정된 '하루 걷기의 수치'를 캡쳐해서 카톡 그룹창에 올리면 된다.

'과연 5킬로미터를 걸을 수 있을까'라며 내심 걱정도 했지만, 그렇게 걷기는 시작되었다. 무엇보다 시작하면서 가장 놀랐던 것은 생각보다 5킬로미터는 긴 거리가 아니라는 점이었다. 대중교통을 이용하는 보통의 직장인이라면 그것만으로도 3~4킬로미터는 가능하다. 나머지 1~2킬로미터만 채우면 하루 목표는 달성할 수 있다. 첫날을 그렇게 보내고 보니, 생각보다 '100일 함께 걷기'가 어렵지 않게 느껴졌다.

하지만 걷기를 시작한 첫 주말 나는 당혹감을 감추지 못했다. 치열한 주중을 보낸 직장인에게 주말은 그저 쉬는 날이라는 것을 절감한 것이다. 놀기도 바쁜데, 시간을 내서 걷는다는 것은 상상조차 못할 일이었다. 나는 토요일 오후 1시쯤 스텝즈 어플을 켜보았다. "걸음 수 400보, 거리 260미터, 13킬로칼로리" 주말 나의 걷기 기록은 처참했다. 게다가 주말에는 빈둥거리며 많은 음식을 섭취하기까지 했다. 당혹스러운 주말 수치에 걷기 모임을 시작하기 전의 수많은 주말들은 어땠을까 싶어 찾아보았다. 역시나 기록은 끔찍했다. 주말에는 거의 1~2킬로미터 수준이었다. 주말에는 자동차로 이동하거나, 집순이 생활을 해왔기 때문이다.

이것이 의미하는 바는 명확했다. 걷기 모임의 미션을 제대로 이행한다면 딱 5킬로미터를 걷기만 해도 모임을 하기 전보다 한 주에 10킬로미터, 한 달에 40킬로미터를 더 걷게 되는 것이다. 칼로리로 환산하면 2,000킬로칼로리 정도를 더 소비하게 된다. 한 달에 2,000킬로칼로리면, 한 달에 1~2킬로그램을 뺄 수 있다는 계산 결과가 나왔다. 결국 나는 가기 싫은 헬스장에서 운동하기보다 매일 출퇴근길에 조금 더 걷기와 주말에 더 걷기를 택했다.

함께 걷기로
위로를 얻다

그렇게 '100일 함께 걷기' 모임으로 인해 걷기 참 좋은 계절, 10월의 가을을 만끽했다. 카톡 그룹창에는 가을을 만끽하는 단상이 줄을 이었고, 우리는 걷기를 하면서 가을에 흠뻑 취해 있었다.

걷기에 익숙해질 무렵, 추운 겨울이 찾아왔다. 그동안 노력을 했지만, 한번 나빠진 건강이 쉽게 좋아질 리 없었다. 12월 말, 감기가 심해지더니 폐렴이 찾아왔다. 겨울이면 감기와 비염, 대상포진, 한포진 등 면역력 질환에 취약했던지라, 그리 놀랄 일도 아니었다. 기침을 심하게 하지 않았던 초반에는 실내 걷기를 더해서 겨우 5킬로미터를 채웠지만, 기침 때문에 잠 못 자는 날들이 이어지자, 결국 나는 걷기를 계속할 수 없었다. 카톡 그룹창에 "저도 오늘 이렇게 걸었어요!"라고 어플을 캡쳐해서 올리고 싶었지만, 폐렴 때문에 걷기를 며칠 쉬겠다는 글만 남겼다. 이어지는 걱정과 위로의 말들. 걷기 모임 회원들은 내가 폐렴이 다나을 때까지 매일매일 쾌유의 말을 남겨주면서 다시 컴백하길 기다려주었다.

진심 어린 응원의 말 때문이었을까. 여느 때 같으면, 아마 1~2주 동안은 다른 활동뿐 아니라 운동은 꿈도 못 꾸었을 텐데, 4일 만에 다시 걷기를 시작할 수 있었다. 5킬로미터 걷기로 컴백하던 날, 함께 한 이들의 격한 환영은 잊지 못할 것이다. '건강하게 걸을 수 있고, 함께 운동할 수 있다는 것은 축복'이라는 사실을 다시 한 번 느꼈다.

혼자 걸었다면 다시 '걷기' 운동을 하려고 했을까. 단언컨대 그러지 못했을 것이다. 기다리는 누군가가 있다는 생각에 힘을 낼 수 있었다. 혼자 걷기에서는 느낄 수 없는 힘과 매일 걸어야 할 이유가, 여기에 있었다. 폐렴이 완전히 나은 상태는 아니었지만, 실내 걷기와 무리하지 않는 한도 내에서 목표치를 달성해 나갔다. 그렇게 나는 다시 카톡 그룹창에 "오늘은 이렇게 걸었습니다"라고 말할 수 있게 되었다.

한 걸음 더

5킬로미터는 대략 7,500보에 해당한다. 그래서 이왕이면 약 1.6킬로미터, 2,500보 정도를 더 걸어서 만 보를 걷고 싶었다. 그러면 하루에 6.6킬로미터 이상 걷는 것이다. 이왕이면 7킬로미터를 매일 걷고 싶었다. 지금은 회사를 그만둔 상태여서 출퇴근하면서 3~4킬로미터를 유지할 수 없게 되었지만, 간단한 외출을 통해서도 매일 3~4킬로미터는 확보할 수 있다. 한마디로 정상적으로 활동하는 사람이라면 4킬로미터는 어렵지 않다. 이제 나는 3킬로미터만 더 걸으면 된다. 가까운 거리는 버스 타지 않고 걷기, 다른 길로 조금 돌아가기, 친구 만나서 이야기하며 20분 정도 걷기, 걸을 수 있는 방법은 무궁무진하다. 방금 언급한 방법들은 큰 노력을 요하는 일이 아니다. 나는 '100일 함께 걷기'를 넘어 만 보 이상 걷는 것을 목표로 삼고 있다. 이제 나는 더 걸을 수 있다. 앞으로도 걷기는 계속될 것이다.

앞으로 나는 운동과 다이어트에 많은 돈과 시간을 낭비하지 않을 것이다. '100일 함께 걷기'를 통해 건강을 찾고 유지하는 것이 어렵고 힘들지만은 않다는 것을 배웠다. 사소한 습관을 통해서 우리는 건강을 쉽게 잃을 수도 있고, 다시 찾을 수도 있다. 지금까지 내가 한 이야기들이 너무 뻔한 이야기일지도 모른다. 하지만 '뻔하다'는 것은 '명백하다'의 다른 표현이 아닐까.

걷기는 세계를 느끼는 관능에로의 초대다. 걷는다는 것은 세계를 온전하게 경험한다는 것이다. 이때 경험의 주도권은 인간에게 돌아온다. (중략) 우리는 목적 없이 그냥 걷는다. 지나가는 시간을 음미하고 존재를 에돌아서 길을 종착점에 더 확실하게 이르기 위하여 걷는다. 전에 알지 못했던 장소들과 얼굴들을 발견하고 몸을 통해서 무궁무진한 감각과 관능의 세계에 대한 지식을 확대하기 위하여 걷는다.

– 『걷기 예찬』, 다비드 드 브르통 지음, 김화영 옮김, 현대문학, 2002

랭보, 소로우, 보들레르 등 많은 작가들은 걷기를 통해서 세상과 몸, 정신을 경험했다. 거리 산보자가 되어 걷는다는 것은 삼위일체를 경험하는 것이다. '100일 함께 걷기'를 통해 나와 '나의 걷기 동반자들'은 그렇게 세상을 경험했다. 어떤 이는 세상의 놀라움을 경험했고, 어떤 이는 정신의 고양을 경험했으며, 나는 몸의 변화를 경험했다. 무엇을 경험하든 상관없다. 앞으로도 우리는 거리 산보자가 되어 앞으로도 알지 못했던 걷기의 세계를 경험할 것이다. 당신도 거리의 산보자가 되어 새로운 세계에 빠져보라. 당신을 걷기의 세계로 초대한다.

강린

여백의
시간을
쓰다

몇 년 전부터 집안에 사건 사고가 많았다. 급기야 어머니가 유방암 판정을 받으면서 나는 일을 쉬어야 했다. 병간호를 할 사람이 필요하기도 했지만, 무엇보다 내가 많이 지친 탓이다. 쉬는 동안 그동안 하고 싶었던 공부를 시작했고, 어머니의 항암치료가 끝날 즈음에는 새로운 꿈을 갖게 되었다. 꿈을 위해 노력한다는 건 참으로 멋진 일이다. 지난 힘든 일이 모두 보상받는 느낌이었다. 그런데 또 문제가 생겼다. 몸이 무거워진 것이다.

원래 부모님께 감사드릴 정도로 건강한 체질이라 크게 탈이 난 적이 없었다. 간식과 야식만 조심하면 올라가던 체중이 제자리로 돌아오니 다이어트 한 번 해보지 않았다. 야금야금 살이 찌면서 몇 년을 입었던 바지가 허벅지에 걸려 올라가지 않거나, 아랫배가 올챙이처럼 불룩 튀어나오기 시작해도 나이 탓이려니 하고 크게 신경 쓰지 않았다. 그런데 일과 공부를 병행하며 바쁘다는 이유로 거의 움직이지 않았더니 체력이 급격히 떨어졌다. 풍랑은 지나가고 노 저어 갈 일만 남았는데, 막상 노를 저을 힘이 없는 것이다.

'100일 함께 걷기' 공지를 보면서도 "5킬로미터를 하루도 빼놓지 않고 100일 동안 걷는 게 가능할까"라는 생각이 먼저 들었다. 이제 곧 겨울, 추위를 많이 타는 데다 작년에 유독 감기에 자주 걸려 고생한 기억이 떠올랐다. 하지만 혼자가 아니라 여럿이 함께 한다는 말에 귀가 솔깃해졌다. 자신과의 약속은 못 지켜도 타인과의 약속은 잘 지키는 편이니까. 일하는 시간대가 불규칙하기 때문에, 시간과 장소에 구애받지 않는다는 점도 마음에 들었다. 걷기조차 못하면 무엇인들 가능할까 싶기도 했다. 반신반의하는 마음으로 신청 메일을 보내고 약속한 날을 기다렸다.

걷기로 약속한 하루 전날, 비가 내렸다. 평소라면 집 밖에 나가지 않았을 텐데 미리 걸어봐야겠다는 생각에 신발을 신었다. 막 걷기 시작했을 때 비가 그치고 무지개가 떴다. 뒤를 돌아보니 하늘에 금빛 노을이 번졌고, 발밑 물웅덩이에는 구름이 한 조각 담겨 있었다. 인상적이었고, 잊고 싶지 않았다. 그래서 걷기 단상을 쓰기로 마음먹었다. 버거우면 언제라도 그만두면 되니까 부담도 없었다. 그때는 단상 쓰기를 100일 동안 계속할 거라고 조금도 확신하지 못했다.

건강,
글을 쓰는 필요조건

2015년 10월 12일 '100일 함께 걷기'를 시작했다. 쉽게 시작한 건 아니지만, 막상 시작하니 참 쉬웠다. 등산처럼 장비를 구입하거나, 헬스처럼 특정 장소를 찾아가거나, 요가처럼 시간에 맞춰야 할 필요가 없었다. 평소 신던 운동화 한 켤레로 준비는 끝났고, 어디서든 시간이 날 때마다 틈틈이 걸을 수 있었다. 처음 수영을 배우는 아이처럼 물에 들어가기도 전에 겁을 집어먹고 있었다는 걸, 걷기 첫날 알게 되었다.

반면 단상 쓰기는 시작부터 어려웠다. 걷다가 떠오른 생각이란 게 빈곤하기 짝이 없어서 글감이 될까 싶었다. 처음에는 억지로 썼다. 첫째 날과 둘째 날은 3년을 살아도 미로처럼 느껴지던 우리 동네 골목길에 대해 적었고, 셋째 날에는 걸으며 들었던 소리들을 나열했다. 보이는 대로, 들리는 대로, 느끼는 대로 무작정 썼다.

다섯째 날은 조금 달랐다. 한번에 5킬로미터를 채우기 힘들어서 오전과 오후로 나누어 걷던 것을, 이날은 오후에 몰아서 걸었다. 얼마나 걸었을까. 오른편 낮은 둔덕에서 나무 냄새를 맡았다. 코를 벌름거리다가 문득 귀로는 어떤 소리를 듣게 될까 궁금해졌다. 바로 음악을 끄고 귀에서 이어폰을 뺐다. 왼쪽 6차선 도로 너머로 가게 불빛들이 점점이 이어졌다. 오른쪽 담장에서는 나뭇잎 서걱대는 소리가 들리고, 풀 냄새가 났다. 핸드폰을 꺼내 메모장을 열고, "걷는다는 건 이 동네와 살을 맞대는 것과 비슷하다. 정이 든다"라고 적었다. 걷기 외에 아무것도 하지 않는 순간, 냄새나 소리뿐 아니라 다양한 생각들이 내 안으로 흘러들어왔다. 이후로 걸을 때는 이어폰을 꽂지 않게 되었다.

다음 날은 더 먼 거리를 걸어보았다. 전보다 걷는 것이 훨씬 수월했다. 그 다음 날은 5킬로미터를 한번에 걸었다. 일주일 만에 벌써 몸이 걷기에 적응하고 있었다. 부딪치기도 전에 스스로 한계를 정했다는 걸 깨닫는 순간이었다. 함께 걷는 분들이 추천한 대로 식단도 기록해보았다. 평소 먹는 것을 조심하게 되면서 식습관을 개선하는 데 큰 도움이 되었다. 속이 편해지고 몸이 가벼워지니 생활에도 활력이 생겼다. 걷고 나면 뭐라도 하고 싶어지고, 뭐든지 할 수 있을 것 같아졌다. 단상 쓰기도 계속할 수 있으리라는 자신감이 생겼다.

걷기 7일째 되는 날 단상은 다음 말로 끝을 맺었다. "습관은 몸이 만든다."

관찰, 소재를 찾는 최적의 활동

9일째 되는 날에는 처음으로 7킬로미터를 걸었다. 힘들긴 했지만 한번 한계를 넘어서인지 이틀 뒤에도 7킬로미터를 걸을 수 있었다. 그 이틀 뒤, 즉 13일째 되는 날에는 8.7킬로미터를 걸었고, 18일째 되는 날에는 8.2킬로미터를 걸었다. 물론 항상 많이 걸었던 건 아니다. 간신히 5킬로미터를 채운 날도 비일비재한데, 그런 날에는 단상도 쓰기 싫었다. 반면 많이 걸은 날은 그만큼 쓸 거리가 넘쳐서 글도 길어졌다. 결국 단상을 잘 쓰고 싶으면 관찰을 많이 하고, 관찰을 많이 하고 싶으면 오래 걸으면 된다는 단순한 결론에 이르렀다.

　손톱 같은 초승달, 비온 뒤 맛있는 공기, 작년에 본 새끼 고양이를 닮은 어른 고양이, 풀벌레 소리, 사람이 없는 골목에 뜬 보름달······ 시간이 지날수록 조금씩 관찰 대상이 다양해지고, 범위 또한 넓어졌다. 걷기 시작하고 처음 뒷산에 간 날이었다. 둔덕에 가깝다지만 그래도 산은 산. 다리가 뻐근해서 슬슬 내려가던 도중에 자전거를 타고 올라오는 사람을 만났다. 그 순간 산은 다른 모습으로 변했다. 나는 걷느라 헉헉대는 길을 자전거를 타고 올라오다니. 끝이 있다고 생각한 곳에는 언제나 그 이상의 것이 있었다. 풍경에 사람이 한 명 들어갔을 뿐인데 의미가 달라졌다.

　생각해보면 도심지를 걸으며 가장 많이 보는 건 다름 아닌 사람이다. 그러나 자연과 달리 사람을 관찰하여 단상에 담기란 쉽지 않았다. 그러던 중 또 하나의 계기가 생겼다. 보건 분소를 지나는데 보건소 조끼를 입은 직원이 현수막을 핸드폰으로 촬영하고 있었다. 나는 망설이다가 인바디 체크가 가능한지 물어보았다. 그러자 보건 분소 직원은 이곳이 아닌 구청 옆 보건소에서 가능하다고 자세하게 알려주었다. 1분도 채 되지 않는 만남으로 인해 보건 분소가 있는 골목은 이제 친절한 거리가 되었다. 그 뒤로 글의 소재는 자연에 사람을 더해 훨씬 풍부해졌다.

사색,
자아를 탐색하는 충만한 시간

길은 목적지에 가기 위해 거쳐야만 하는 과정에 불과했다. 그러나 걷기 시작하면서부터 무의미한 길에도 의미가 생겼다. 버스를 놓치거나 지하철을 반대로 타는 일에도 화가 나지 않았다. 걸을 기회가 생기고 쓸거리가 생겼으니까.

자신감도 생겨서 이제 5킬로미터가 아닌 6킬로미터를 걸어야겠다고 결심하던 즈음이었다. 보건소에서 인바디 체크를 하고, 마른 비만 판정을 받았다. 원인은 부족한 근육량에 비해 넘치는 체지방이었다. 즉 운동 부족이었다. 걷기 시작하면서 몸무게가 늘지 않는 것으로도 충분히 만족했는데, 갑자기 위기감을 느꼈다. 걷는 거리를 6.6킬로미터(1만 보)로 늘리는 동시에 근력 운동을 시작했다. 처음에는 15분도 힘들었지만, 곧 1시간 가까이 할 수 있게 되었다. 그 결과 몇 년 동안 올라가기만 하던 몸무게가 조금씩 내려가기 시작했다.

어렵게만 여겼던 근력 운동을 하루아침에 시작하게 될 줄은 몰랐다. 마찬가지로 매일 단상을 쓰는 것도 전혀 예상하지 못한 일이었다. 처음이 어렵지 조금씩 재미를 느끼자 그만두고 싶다는 생각은 어느덧 사라져버렸다.

걷기 시작한 지 29일째 되는 날이었다. 일을 끝내고 집에 가던 길에 은행나무와 크레인을 발견했다. 10여 분 동안 생각이 꼬리에 꼬리를 물고 스쳐갔고, 급기야 그것들이 털 달린 짐승 같다는 생각에 이르자 재빨리 메모를 했다. 최초의 메모를 지하철 안에서 다듬은 결과 "노란색 크레인이 박제된 기린처럼 겨울을 이기고 있었다"라는 문장이 나왔다.

걷지 않았다면 하나의 대상을 이처럼 오래 바라볼 수 있었을까. 과연 익숙한 대상에서 낯선 생각을 끄집어낼 수 있었을까. 내가 이런 문장을 쓸 수 있는 사람이라는 걸 알 수 있었을까. 여태까지 자아의 탐색은 책을 읽거나 영화를 봐야 가능하다고 믿었다. 그런데 걷는 일로도, 머리가 아닌 육체로도 가능하다는 걸 깨달았다. 게다가 그건 별로 어려운 일도 아니었다. 걷다 보니 근력 운동까지 하게 된 것처럼 관찰하다 보니 사색까지 하게 된 셈이다.

뭐든 처음이 어렵지 그다음은 한층 쉬워지는 법이다. 33일째 되는 날에는 아스팔트 위에 흩어진 노란색 은행잎을 보고 밤하늘의 별을 떠올렸다. "은행나무가 자리를 깐다. 한 평 반 자리를 물들인다. 나는 별을 밟는다." 기록의 변화는 곧 나의 변화였다. 풍경을 새롭게 보는 만큼 변해가는 모습이, 나는 썩 마음에 들었다.

표현,
개성을 만드는 고집스러운 선택

11월은 바빴다. 한동안 근력 운동을 쉬었고 걷는 거리도 5킬로미터에 그쳤다. 40일째 되는 날 단상은 "김치주먹밥을 뜨거운 물에 적시면 제법 따뜻하다. 오차즈케의 느낌도 난다" 단 두 줄이었다. 그 와중에 기어이 수업을 하나 신청해 들은 이유는 다름 아닌 바로 '시 수업'이기 때문이다.

바쁘다는 이유로 한동안 시를 멀리했지만, 그럼에도 동경하는 마음은 늘 남아 있어 기회가 생기자 냉큼 잡았다. 수업을 들으며 놀랐던 건 어쩐지 강의 내용이 친숙하다는 점이었다. 관찰력이 좋아야 한다든지, 작은 감성도 소중하게 키우라든지, 생생한 경험이 중요하다든지 하는 말들이 낯익었다. 걷기 단상을 쓰는 법과 시를 쓰는 법이 비슷했다. 그러자 시 수업에서 들었던 말들이 한층 의미 있게 다가왔다.

생명이 다치면 껍데기는 의미가 없다는 시인의 말에 지금까지 단상을 쓰던 태도를 돌아보게 되었다. 예민해진 감각으로 관찰을 하고 사색을 해도, 정확하게 표현할 수 없다면 초점이 맞지 않는 사진이나 마찬가지다. 그것은 곧 자아의 탐색이 불충분하게 마무리된다는 뜻이기도 했다. 집에 돌아와 무제의 단상에 전부 제목을 붙이며 어휘에 무심했던 나를 반성했다.

시를 배운 뒤로 더 적확한 말이 있는지 고심하게 되었다. 머리도 아프고 시간도 오래 걸렸지만, 그렇게 고집을 부렸을 때 희열에 가까운 성취감이 솟아났다. 어쩌면 그건 자부심일지도 모르겠다. 고르고 골라낸 어휘를 조각조각 이어 붙이자 평범한 유리창이 스테인드글라스처럼 빛났다. 나만이 볼 수 있는 풍경을 나만이 쓸 수 있는 언어로 그려냈다는 사실이, 나를 세상에서 유일한 존재로 만드는 것 같았다.

공유,
성장을 북돋우는 열린 창

보통은 한번 소홀해진 시점에서 운동을 그만두었을 테지만, 다행히 이번에는 혼자가 아니었다. 바쁜 시기가 끝나자 다시 만 보 걷기를 시작했고, 근력 운동도 재개했다.

'100일 함께 걷기'는 오직 온라인으로만 이루어진 모임이다. 하루 동안 걸은 기록을 카톡 그룹창에 올려 약속한 5킬로미터를 걸었다는 걸 증명만 하면 된다. 그러나 단지 그뿐이었다면 나는 근력 운동은커녕 100일도 걷지 못했을 것이다.

우선 나보다 높은 기록을 보면 자극을 받았다. 처음에는 5킬로미터도 힘들다고 생각했는데, 남들이 6~7킬로미터를 걷는 걸 보면서 욕심이 생겼다. 또 비가 오거나 추운 날씨에도 다들 걸으니 나만 게으름을 피울 수가 없었다. 게다가 우리가 매일 공유한 건 기록만이 아니라 유대였고 신뢰였다. 날이 추우면 따뜻하게 입으라고, 비가 오면 우산 챙기라고, 바람이 불면 감기 조심하라고 안부를 전했다.

단상 쓰기도 마찬가지였다. 아무리 하찮은 발견이라도 호응해주었기에 기꺼이 글을 올릴 수 있었다. 누구는 사진을 올리고, 누구는 동영상을 올렸다. 타인의 기록은 내가 보지 못하는 풍경을 내가 표현하지 못하는 방법으로 보여주는 창이었다. 우리는 그 창을 통해 서로 영향을 주고받았다.

걸은 지 48일째 되는 날 누군가 장미꽃 위에 하얀 눈이 쌓인 사진을 올렸다. "추위 속에 붉은 머리 들다가 눈꽃 아래 고개 숙이는 건,

사라지는 존재의 무거움을 알기 때문이다." 다른 사람이 관찰한 대상이 나에게 사색을 불러일으켰다. 또 한 번은 누군가 담쟁이덩굴을 보고 쓴 단상을 올렸다. 담쟁이덩굴에서 '격을 파한 아름다움'을 끄집어내다니, 그 사색의 깊이와 격조 있는 표현에 순식간에 매료되었다.

혼자였다면 스스로 만든 이미지에서 한 발자국도 벗어나지 못했을 것이다. 실패의 망각 대신 성공의 기록을 갖게 된 건 모두 그들과 함께 걸은 덕분이다. 나 또한 그들에게 성장의 밑거름이 되었으리라 믿고 싶다.

100개의 기록과
여백의 시간

100일을 걸은 지금 나는 그때와 전혀 다른 사람이 되어 있다. 겨우 100일 만에 이런 변화가 생겼다고 말하려니 약장수가 된 기분이지만, 거짓말은 아니니 기분 좋게 약을 팔아보련다.

처음 걸을 때는 틈새 시간을 활용하는 데에서 오는 충족감이 컸다. 본래 부지런한 성품이 아니기 때문에 하루를 부산하게 보내면서도 주머니에 구멍이 난 것처럼 시간을 흘리고 다녔다. 남는 시간이 있다는 걸 알면서도 변하지 못하는 자신이 매우 한심했는데, 틈틈이 걸으면서 짜투리 시간을 활용하는 법을 배운 덕분에 체력도 좋아지고, 좋아하는 일에 더 많은 시간을 들일 수 있게 되었다.

단상 쓰기에 재미를 붙이고 난 뒤에는 일부러 걷기 위해 시간을 냈다. 예전에는 목적지까지 최단 거리만 살폈다. 시간을 절약한다는 이유로 주위를 볼 기회 또한 제거했다. 걷기를 시작하면서 길에는 버스 정류장과 지하철역만 있는 게 아니라는 걸 알게 되었다. 풍부한 사색과 다양한 표현 또한 선물받았다. 낭비라고 생각했던 시간이 징검다리가 되어 게으른 나를 부지런한 모습으로 바꾸어놓았다.

나는 대단한 인간이 못된다. 겁도 많다. 그러니 내가 해냈다면 누구나 해낼 수 있을 거라고 감히 말하고 싶다. 사람마다 성격이 다른 만큼 선호하는 걷기 방법도 제각기 다르겠지만, 한 가지 분명한 건 일단 여백의 시간을 자신에게 허락해야 걸을 수 있다는 점이다.

걷자. 일단 걸어보면 이 말들이 거짓말이 아니라는 걸 금세 알게 될 것이다.

고민실

내 안의
다른 세계를
깨우다

내 삶은 항상 분주했다. 몸이 약한 데다 늦은 나이에 유치원생과 초등학생 아들을 돌보는 것이 버거웠다. 거기다 공부까지 시작하니 체력의 한계가 느껴졌다. 게다가 '엄마'로서의 삶과 나의 삶을 오가다 보니 원래 급했던 성격이 더 급해졌다. 어느 날 정신없이 살고 있는 내 모습을 보면서 제대로 살고 있는지 의심이 들었다. 마흔 중반을 넘은 나이에 마음의 여유도 없이 나를 잃고 사는 기분이었다. 나를 돌아보고 싶었다.

그 무렵, 숭례문학당의 '100일 함께 걷기'를 만났다. 걷는 시간 동안 다른 사람과 소통하면서 차츰 내 마음은 여유로워졌고, 100일간의 걷기 여행을 하면서 '엄마'가 아닌 '나'를 조금씩 찾게 되었다.

걷기의
매력

'100일 함께 걷기'에 대한 부담은 적었다. 평소에도 택시보다 버스를 이용하였고, 한두 정거장 거리는 걸어 다녔다. 일상생활 속에서 늘 걸었던지라 하루 5킬로미터는 어렵지 않게 채울 수 있을 거라 생각했다. 그러나 한편으로는 매일 규칙적으로 걸은 것이 아니었고, 흥미가 없으면 한 가지를 오래 못하는 성격이라 매일 꾸준히 걸을 수 있을지 걱정되었다.

'100일 함께 걷기'를 포기하지 않기 위해 주변 사람들에게 걷기 모임에 대해 계속 말하고 다녔다. "가까운 거리도 차를 가지고 다녀 하루 2킬로미터 걷기도 버거운데 5킬로미터를 걷는 것은 무리다, 걷는 것은 지루하다, 100일 동안 매일 걷기는 불가능하다"라고 말하는 사람들이 많았다. 걷기는 가장 쉬운 운동이라고 생각했는데 주변의 반응은 의외였다.

걷기는 '함께'라는 느낌을 주는 운동이다. 20대 때 한라산을 올라간 적이 있다. 체력이 약해 중간에 내려올 생각이었는데 친구의 도움으로 한라산 정상에 오를 수 있었다. 내가 포기하지 않도록 함께 걸어준 친구가 있었기에 가능했다. 친구는 혼자 앞서 갈 수 있었음에도 내 발걸음에 보조를 맞추며 함께 걸어주었다. 이처럼 걷기는 이야기를 나누며 곁에서 함께 걷는 이를 항상 의식하게 만든다. 즉, 함께 걷기는 곁에 있는 사람을 배려해야 가능하다.

또한 걷기는 주변을 둘러보고, 관찰하고, 느낄 수 있는 여유를 준다. 빨리 가면 제대로 볼 수 없다. 걷기는 빠른 속도의 시대에 휴식을 제공해주는 좋은 운동이다.

이에 반해 달리기는 함께 출발하지만, 일단 달리기 시작하면 무조건 목표를 향해 빠른 속도로 질주한다. 달릴 때 옆에 있는 사람은 동행이 아닌 경쟁 상대가 된다. 옆에 있는 사람과 이야기를 나누는 것은 거의 불가능하다. 달리고 있는 사람들의 모습에서 자신의 목표만 향해 살고 있는 현대인들의 모습이 보여 마음이 불편해진다.

걷기를 시작한 후로 건강 관련 정보가 유독 눈에 들어왔다. 방송을 통해 가정주부들의 비타민 D 부족이 심각하다는 소식을 접했다. 혼자 식사해 제대로 된 영양 섭취를 못하는 것도 문제지만 실내에서 일만 하는 게 이유라며 하루 30분이라도 야외에서 햇빛을 받으며 걷는 것이 중요하다고 했다. 5년 전, 둘째 아이가 구루병 진단을 받았던 일이 있었다. 아이는 비타민 D 부족으로 뼈가 성장을 못해 18개월이 되었는데도 제대로 걷지를 못했다. 1년 가까이 약물 치료를 받으며 아이의 상태가 조금씩 좋아지자 나는 아이를 데리고 거의 매일 공원이나 산을 돌아다녔다. 지금 아이는 자동차와 경주를 할 정도로 잘 뛰어다닌다.

40대 중반을 넘으면서 무기력 증상이 나타났다. 몸이 아픈 것은 아닌지 걱정될 정도로 움직이기 싫었다. 누워만 있으니 기분은 우울해졌고, 더욱 무기력해지는 현상이 반복되었다. 이처럼 일상생활이 조금씩 힘들어지는 것을 느끼고 있을 때쯤 걷기를 시작한 것은 행운이었다. 함께 걷기를 하지 않았더라면 상태는 더 심각해졌을 것이다. 그 후 나는 걷기에 더 매달렸다.

　40대가 되면서 우울증, 골다공증, 비타민 D 부족 등의 이유로 각종 영양제를 복용하는 주부들이 늘고 있다. 가벼운 걷기는 운동도 가능하고 뼈도 튼튼하게 해주어 골다공증 걱정도, 비타민 D 걱정도 날려버릴 수 있다. 또 고민이 있을 때, 화가 날 때 1~2시간 정도 걷다 보면 마음이 진정되고 기분이 상쾌해지는 것을 느낄 수 있다. 스트레스가 쌓였다면 일단 무조건 걸어보라고 권하고 싶다. 걷다 보면 저절로 치유되는 것을 느낄 수 있다. 걷는 동안 자신과 대화하게 되고 또 다른 나를 만나게 된다. 이런 과정 속에서 생각이 비워지면서 치유가 된다.

여유와 감성을 발견하다

때론 함께 걷기 회원들의 단상과 사진을 보며 내 생활이 너무 건조한 건 아닐까라는 생각을 했다. 하루 5킬로미터 목표 달성에만 급급한 나와는 달리 다른 회원들은 걸으면서 여유를 가지고 보고 느낀 것을 글로 쓰고 있었다. 걷기 모임 회원들의 사물을 보는 다양한 시각과 넘치는 감성이 부러웠다. 무미건조했던 나는 그들의 단상을 보고 주위를 둘러보며 걸어보기로 했다.

　제일 먼저 무엇인가를 읽고 외우느라 손에 들고 다니던 것을 없앴다. 온전히 걷기에 시간을 투자해보고 싶었다. 그리고 차츰 시선을 주변에 두었다. 하늘을 보고 땅을 보고 옆 사람을 보았다. 소통 없이 나만의 세상을 사느라 여태껏 놓치고 있었던 것들이 눈에 들어왔다. 거리 풍경은 물론, 길가에 떨어진 낙엽, 저녁 풍경, 빗소리에도 관심을 가졌다. 핸드폰으로 꽃과 나무를 찍고, 바람에 흔들리는 수양버들 소리도 녹음해 보았다. 안 쓰던 단상도 조금씩 써보았다. 안 하던 것들, 못했던 것들을 틈나는 대로 해보았다.

항상 바쁘게 뛰듯이 걸었고, 걸으면서도 늘 무엇인가 외우던 나는 이제 걷기를 할 때만큼은 딴생각을 하지 않고 뇌를 쉬게 했다. 목적지에 닿기 위한 빨리 걷기에서 여유 있는 걷기, 쉬기 위한 걷기로 바뀌었다. 주변을 살펴보고 나에 대해 생각하기 시작했다. 이제는 신호등이 깜빡여도 느긋하게 걸으며 다음 신호를 기다리면서 주변을 둘러본다. 급한 내 성격에 여유를 가질 수 있게 쉼표가 되어주는 걷기가 정말 좋다.

남들보다 성격이 무미건조하지만, 40년 넘게 고착된 것이라 바꾸려고 생각해본 적은 없었다. 그러나 함께 걸으면서 여유가 생기자 회원들처럼 감성을 느끼고 싶어졌다. 바꿀 수 있을지 의문이 들었지만, 변하고 싶었다. 매일 걸으며 회원들의 단상과 사진 속에 나의 감성을 하나씩 섞었다. 사진을 올리고, "예쁘죠?" "예쁘네요" 하고 말을 건네고 있는 나를 발견했다. 내 삶에 감성이 조금씩 스며들었다. 걷기를 통해 발끝에서 가슴으로, 가슴에서 머리로 감성이 퍼져 나감을 느꼈다.

주부가 되면 자신에게 투자하는 것이 주저된다. 걷기 모임 사람들의 다양한 삶을 엿보면서 팍팍하게 살고 있는 내 삶을 바꾸고 싶다는 생각이 강해졌다.

먼저, 영화 모임에 참여했다. 걷기 모임 사람들이 영화 이야기를 나누는 것을 보고 영화로 잠든 내 감성을 깨우고자 했다. 최근 10년 동안 영화를 거의 본 적이 없던 40대 주부가 한 달에 한두 번 조조 영화를 보러 다녔다. 혼자 자유롭게 영화를 보며 감독과 배우가 걷는 길을 함께 걸으며 그들의 감성을 느껴보았다. 영화 속 자연과 음악과 문화를 즐기며 나의 감성도 풍요로워지는 것을 느꼈다. 영화를 본 후 함께 토론하며 삶을 보는 다양한 시각을 접할 수 있었다.

또, 온라인으로 독서 토론도 시작했다. 책을 읽으면 소설 속 등장인물의 삶을 간접적으로 살아볼 수 있다. 소설에는 전혀 관심이 없어 처음에는 책 읽기도, 인물들의 감정을 느끼기도 어려웠다. 그러나 시간이 지나면서 작가가 말하고자 하는 바와 내가 등장인물의 상황이었다면 어떻게 했을까 하는 여러 생각을 하게 되었다. 토론을 하면서 편협한 사고방식이 조금씩 넓어지며 이해심과 공감이 늘어나는 것을 발견했다.

마지막으로, 사람들을 자주 만났다. 사람들과의 만남보다는 혼자만의 시간을 가지며 미래를 계획하던 생활 습관에서 벗어나 시간이 되면 사람들을 만나 길을 걸었다. 거리를 거닐며 작은 상점도 구경하고 미술관, 맛집 등도 찾아다녔다. 현재를 즐길 줄 몰랐던 내 생활이 지금 여기, 현재를 걷고 있었다.

일상에서
여행을 발견하다

걷기가 익숙해지자 반복되는 길이 지루해졌다. 아무리 건강을 위해 걷는다지만 재미가 없으면 좋은 것도 오래할 수 없다. 지루함을 없애면서 걸을 수 있는 방법은 없을까 고민하던 때 '100일 함께 걷기' 회원들이 여행지에서 걷기 소식을 전해왔다. 그들의 여행을 보면서 내 걷기에도 변화를 주고 싶었다.

사람들은 항상 여행을 떠나고 싶어 한다. 휴식을 위해서 떠나기도 하지만, 여행지에서 느끼는 낯선 설렘과 신선한 자극을 위해 짐을 싸기도 한다. 걷기는 여러 가지 사정상 쉽게 여행을 떠나지 못하는 사람들, 특히 어린아이가 있는 주부들이 일상을 벗어나 여행지로 떠나는 설렘을 느낄 수 있는 방법이다.

걷기는 앞으로 나아가는 미래적인 일이다. 어느 날 미래를 향한 발걸음을 과거로 돌려 내가 지나온 길을 되짚어갔다. 바람이 많이 불던 날, 걷기라는 타임머신을 타고 과거로 여행을 떠난 것이다.

30년 만에 찾은 초등학교 앞에서 과거의 흔적을 더듬어보았다. 교문을 들어서자마자 반겨주던 모래흙 날리는 운동장, 수업이 끝나면 흙바닥에 가방을 던지고 운동장에서 놀던 아이들은 이제 보이지 않았다. 아쉬운 마음으로 과거의 길을 되짚어 어린 시절 살던 동네에 들어섰다. 많은 집들이 단층집에서 3층집으로 바뀌고 새 집들이 들어서 추억으로 들어서는 것이 쉽지 않았다. 그래도 옛 모습 그대로 자리한 골목이 나를 기다리고 있었다. 많은 아이들이 쏟아져 나와 놀아도 충분히 안아주었던 골목, 그곳에서 뛰놀던 아이들의 목소리, 저녁 먹으라고 부르는 엄마의 목소리가 귓가에 울리는 듯했다.

매일 걷던 익숙한 곳을 벗어나면 여행지가 된다. 바쁜 생활 속에서 나를 잃고 사는 것은 아닌지, 제대로 살고 있는지 궁금해질 때 어린 시절 추억의 장소로 여행을 떠나보자. 과거의 발자국이 찍힌 그곳을 찾아가면 낯선 여행지의 느낌을 받을 수 있다. 혼자도 좋고 친구와 함께 옛이야기를 나누며 세월을 느껴보는 것도 좋다. 흐릿한 기억의 조각들은 그 길을 걸으면서 퍼즐 조각처럼 추억의 그림을 완성시켜준다.

그리고 살고 있는 동네에서 낯선 곳을 찾아 길을 나서는 것도 신선한 자극이 된다. 특히 여행의 느낌을 맛볼 수 있는 둘레길 걷기를 추천한다.

한번은 동네 주부 독서모임 회원 10명이 둘레길을 걸은 적이 있었다. 아이들 하교 시간에 맞춰 돌아와야 하는 상황이라, 광개토대왕광장, 장자호수공원, 구리한강시민공원을 지나는 2시간 정도의 코스로 정했다. 주부 생태 해설사와 만나 가볍게 준비운동을 하고 걷기 시작했다. 늘 다니는 동네라 낯설 것이 없었지만, 해설사의 설명을 들으며 걷는 길은 새로웠다. 혼자 다닐 때는 무심코 지나쳤던 것들이 함께 보고 들으니 다른 의미로 다가왔다. 또한 함께 걸으며 대화를 나눈 사람들은 닫힌 공간에서 만났던 사람들과 달랐다. 좋은 사람들과 함께한 걷기는 여행의 재미를 느끼게 해주었다.

최근 각 지방자치단체마다 둘레길을 잘 조성하고 있어 가족, 친구와 함께 걷기 좋은 곳이 많다. 해설사의 설명을 들으며 걸으면 이제 껏 보지 못했던 색다른 면을 느낄 수도 있다.

나만의 길을 그리다

걷기는 혼자서도 할 수 있는데 왜 함께 걷는 모임에 참여하느냐고 묻는다면, 자신 있게 말할 수 있다. 혼자 걸었다면 100일 동안 꾸준히 걸을 수 없었을 것이라고. '걷기 카톡방'의 칭찬과 격려 덕에 걷기 힘든 날도 포기하지 않고 내 상황에 맞는 방법을 찾아가며 걸을 수 있었다고. 또한 '100일 함께 걷기'의 가장 큰 매력이 무엇이냐고 묻는다면, 걷기와 더불어 단상과 사진으로 이루어지는 소통을 꼽겠다. 각자 다른 곳을 걸으면서 공유하는 정보로 인해 마치 같은 곳을 걷고 있다는 기분을 느낄 수 있었다. 덤으로 중국, 터키, 제주, 남해 등 회원들이 여행지에서 올린 사진과 단상은 평범한 하루에 신선함을 불어넣어주곤 했다.

'100일 함께 걷기'로 인해 운동 습관만 얻은 게 아니다. 생활 습관도 바뀌었다. 아이를 돌보며 공부하느라 수면 시간이 줄어 건강이 나빠지고 있음을 느끼던 찰나, 건강 기록을 철저히 하는 회원을 보고 나도 수면 시간을 기록해보았다. 눈에 드러난 심각성을 느끼고 바로 수면 패턴을 바꿨다. 또한 하루 1리터 물 마시기를 적극적으로 하고 있다. 피부가 건조해져 가렵고, 발이 갈라지고, 입이 마르는 증상이 있었는데 물 마시기를 실천하면서 입이 마르는 증상도 사라졌다.

걷기의 가장 좋은 점은 매일 움직임이 있는 생활을 하게 되었다. 평소 많이 걷고 있다고 생각했었는데, 걸은 기록을 보니 움직임이 많지 않다는 것을 알았다. 움직임이 많은 날이 있는가 하면 아예 움직임이 없는 날도 있었다. 편차가 심했다. 몸에 수면과 수분을 보충했으니 몸에 좋은 것이 골고루 퍼지게 움직여 주어야겠다는 생각으로 매일 걸었다. 걷기가 습관으로 자리 잡아가면서 생활도 규칙적으로 바뀌었다.

'100일 함께 걷기'의 도전은 끝났지만 나만의 또 다른 도전을 준비하고 있다. 요즘엔 좀 더 다양한 걷기를 하고 싶어 가족과 할 수 있는 주말 걷기 여행과 국토대장정 걷기를 계획하고 있다. 걷기를 꾸준히 한 후에는 걷기 대회에도 참여하고 싶다. 마라톤 인구가 증가함과 동시에 걷기 마니아도 늘고 있어 국제걷기연맹, 대한걷기연맹, 한국워킹협회, 한국체육진흥회 등 걷기 관련 단체들이 만든 다양한 대회가 있다.

무슨 일을 하든 올바른 선택을 한 것인지, 자신의 길을 잘 가고 있는지에 대한 두려움은 항상 있다. 길을 걷다 보면 사색에 잠기고 자신과 대화를 나누게 된다. 자신을 돌아볼 시간을 가지면서 그 안에서 '나'를 만나게 된다. 내 안의 또 다른 나를 깨울 수 있다.

바쁘다고 핑계 대며 운동하지 않는 나태한 자신을 바꿔보고 싶다면 가장 부담 없이 시작할 수 있는 걷기로 자신을 변화시켜보라고 권하고 싶다. 지금 당장 밖으로 나가 걸어보라.

김은영

웅크려 있던
나와
만나는 시간

워킹맘의
현실적인 선택

직장생활 13년차, 결혼 7년차, 두 아이의 엄마인 나는 늘 바쁘고 피곤하다라는 말을 입에 달고 살았다. 늦은 야근으로 몸은 피곤한데 밤에 뒤척이는 아이 때문에 잠을 설치는 날이 많았다. 결혼 전에는 취미 겸 운동으로 등산과 스윙 댄스를 열심히 했다. 재미와 건강, 두 마리 토끼를 잡으며 육체적, 정신적 건강을 유지하는 비결이었다. 하지만 결혼과 동시에 임신했고, 두 살 터울로 두 아이를 낳아 기르면서 운동은 내 생활에서 멀어져만 갔다. 나를 위한 시간보다는 회사 일과 아이들을 위해 더 많은 시간을 보내야만 했다. 워킹맘에게 운동은 사치였다.

체력은 점점 바닥이 났고 아이들이 감기에 걸리기라도 하면 나도 같이 아팠다. 몸이 불편하니 짜증도 자주 났다. 그 짜증은 아이들에게 고스란히 전가되었고 일에 대한 의욕도 함께 떨어졌다. 이대로는 안 되겠다 싶어 꾸준히 할 운동을 찾던 중 숭례문학당 지인을 통해 마라톤 모임을 소개받았다. 마라톤 준비 운동으로 출퇴근길 걷기부터 시작했다. 집에서 회사까지의 거리는 2.98킬로미터. 도보로 약 35분 내외였다. 3년 넘게 이 길을 다니면서 한 번도 걸어볼 생각을 못 했는데 막상 해보니 걸을 만했다.

　호기롭게 시작했던 첫 마라톤 기록은 참담했다. 연습 없이 10킬로미터 대회에 참가했으니, 결과가 나쁜 건 당연지사였다. 달리기 연습 시간을 내는 것은 생각보다 어려웠다. 뛰어서 출근할 수도 없고, 퇴근 후에는 엄마를 찾는 아이들을 뒤로하고 계속 밖에 나갈 수도 없었다. 따로 시간을 내어 운동하는 것은 현실적으로 힘들다는 것을 받아들여야 했다. 그즈음 숭례문학당에서 '100일 함께 걷기' 모임을 한다는 소식을 들었다. 마라톤 때문에 일주일에 2~3번씩 걸어서 출퇴근 했는데, 나름 걷기에 재미를 붙이던 중이었다. 달리기는 운동복과 운동화를 갖추어야 하고 장소도 제약이 있었는데, 걷기는 구두를 신고도, 치마를 입고도 할 수 있어 부담스럽지 않았다. 가장 큰 장점은 매일매일 할 수 있다는 것이었다. 그렇게 100일 함께 걷기는 자연스럽게 내 일상으로 들어왔다.

사색을 통한
나와의 대화

나는 늘 시간에 허덕이며 살았다. 남들은 나에게 부지런하게 산다고 했지만 정작 나는 무엇을 위해 사는지, 누구를 위해 사는 건지 모르겠다는 생각을 많이 했다. 하지만 나는 그런 공허함을 애써 부정했다. 그 감정을 인정하는 순간 내가 애썼던 시간들이 무가치해 보이거나 실패한 삶처럼 보일까봐 두려웠기 때문이다. '나는 열심히 산다. 부지런히 산다. 성실하게 산다. 그러므로 나는 즐거워야 한다. 행복해야 한다'라는 공식에 나를 끼워 맞춰야만 했다. 그 안에서 안전하게 살고 있는 나의 존재를 확인하며 안도하기 바빴다.

처음에 출퇴근길을 걸을 때는 귀에 이어폰을 끼고 무언가를 들으면서 걸었다. 그냥 걷기만 하는 30여 분의 시간이 아까워서였다. 걸으면서 건강도 챙기고, 그 시간에 팟캐스트를 들으면서 활용하니 효율적이라고 생각했다. 안양천 다리를 건너면 멀리 회사 건물이 보인다. 20층 고층 건물 위에 새겨진 회사 로고가 나의 이름표 같았다. 하지만 나는 그 이름표가 떨어질까 전전긍긍했다. 그 이름표가 떨어지고 나면 나의 존재 가치도 없어진다고 생각했다. 혼란스러웠다. 8시 출근 시간에 맞춰 로봇처럼 그곳으로 향하며 '나는 누구인가?'라는 질문을 진지하게 던지던 어느 날, 이어폰을 타고 내 귀에 들려오는 소리가 소음처럼 느껴졌다. 차 소리로 시끄러운 길 위를 걷고 있지만, 어느 순간 나는 완벽하게 혼자가 되었다. 그렇게 하루 30분, 길 위에서 또 다른 나를 만났다.

매일 혼자 걷는 시간은 나를 위로하는 시간이기도 했다. 작년 가을 회사 일은 회사 일대로 지쳐 있었고, 집에서도 여러 가지로 스트레스를 받고 있었다. 거기에 해보고 싶은 공부 욕심에 이것저것 일을 벌여놓았는데 수습이 안 되는 상황이었다. 나는 매일 바쁘게 아등바등 열심히 살고 있는데 아무도 알아주는 사람도 없고 툭 터놓고 얘기할 만한 사람도 없었다. 무엇보다 완벽하지 못한 나 자신에 대해 늘 불만족스러웠다. 급기야 꾹꾹 눌러 담았던 화가 폭발 직전까지 간 날, 퇴근길을 걸었다. 후회와 자책보다는 '그만하면 열심히 살았어. 그동안 참 수고 많았다'라며 나 자신을 토닥토닥해줬다. 최선을 다해 살아온 나 자신에게 어깨에 짊어진 무거운 짐을 조금은 내려놓으라고, 그래도 괜찮다며 다독였다. 그랬더니 조금이나마 용기가 생겼다. 망설이기만 했던 심리 상담을 받으면서 억눌려 있던 감정과 무거운 마음의 짐을 좀 더 내려놓을 수 있게 되었다. 회사에서, 집에서 누군가의 무엇이 아닌, 온전한 '나'로 돌아왔기에 가능한 일이었다.

아침마다 회사 건물을 보며 걷는 것이 내게 특별한 의미로 다가왔다. 집보다 더 많은 시간을 보내는 회사지만 그동안 '회사에 다니고 있는 내가 정말 나'인지에 대해 생각한 겨를이 없었다. 걷기를 시작하고서야 지금 걷고 있는 이 길이 정말 맞는 길일까에 대해 질문했다. 13년의 회사 생활이 주마등처럼 스쳐 지나갔다. 내가 정말 원하는 길이었나보다는 지금 되돌리기에는 너무 멀리 와버렸다고 단정했다. 후회하지 말아야 했다. 후회는 곧 나에게 실패였기 때문이다.

자기 일을 즐기는 직장인이 얼마나 있겠냐며 내면의 소리를 외면했다. 하지만 계속되는 질문에 나는 항복하고 말았다. 즐거움을 느끼지 못하는 일을 하며 지쳐가는 나를 발견함으로써 나의 과거는 물론 앞으로 어떻게 살아야 할지에 대해 깊이 성찰할 수 있었다. 13년의 회사 생활에 대한 진지한 물음은 결국 퇴직이라는 답으로 돌아왔다.

그동안 놓지 못했던 나의 욕심들을 하나씩 내려놓으니 다른 것들이 보이기 시작했다. 월급이라는 달콤한 마약도 대기업에 다닌다는 알량한 자존심도 이제 나에게는 중요한 것이 아니었다. 내가 원하는 삶, 내가 하고 싶은 일이 무엇인지 혼자 걷는 시간을 통해 들여다보았다. 하고 싶은 일에 대한 아이디어가 떠오르면 걸음을 멈추고 메모하고 다시 걸었다. 결정을 내리지 못하고 고민할 때도 혼자 걸으면서 생각 정리를 했다. 요즘은 혼자 조용히 생각할 일이 있으면 길을 나선다. 지금까지는 걸으면서 생각했지만, 이제는 생각하기 위해 걷는다. 걸으면서 나를 더 사랑하고 아끼게 되었다.

기부를 통한
나눔 활동

그동안 나만 바라보고 살았다. 혼자서 열심히 살기에도 시간이 모자랐다. 그러나 걷기를 시작하면서 그동안 보지 못했던 주변을 조금씩 보게 되었다. 이제까지 못 느끼고 지나쳤던 풍경들이 새롭게 보였고 그 풍경들은 나를 예전과는 조금 다른 사람으로 만들었다. 단순히 풍경들을 바라보고 느끼는 것을 넘어 '기부'라는 의미 있는 실천을 통해 세상과 소통하는 또 하나의 방법을 배웠다. 걷기가 나에게 준 가장 큰 선물이다.

출퇴근길에 자가용이나 버스를 타지 않게 되면서 교통비가 절약되었다. 그동안 절약을 한다고는 했지만 매월 카드비에서 빠져나갔기 때문에 교통비를 체감하기는 어려웠다. 그래서 내가 아낀 교통비를 기록해보고 따로 모아보자고 마음먹었다. 처음에는 그 돈으로 내가 갖고 싶은 물건을 사려고 했다. 그것만으로도 충분히 의미 있는 일이라고 생각했다. 그러다가 지하철역을 지나다 구세군 냄비를 봤다. 습관적으로 지갑에서 천 원짜리 한 장을 꺼내면서 기부를 해보자라는 생각이 들었다. 내가 갖고 싶은 것을 사는 것도 좋지만 좀 더 의미 있는 곳에 돈을 쓴다면 더 보람될 것 같았다. 내 몸으로 걸었던 기록이자 시간이었기 때문이다.

기부라는 동기가 생기니 비가 오는 날도 추운 날도 더 열심히 걸을 수 있었다. 매일 걸으면서 걷기의 의미와 취지를 살릴 수 있는 기부처를 고민했다. 에너지 절약이나 푸른 지구를 만드는 데 후원하고 싶었고, 여러 국내외 환경 단체를 검색한 후에 '녹색연합'이라는 국내 환경 단체를 찾았다. 여러 가지 후원 분야 중에서 '탈핵과 에너지 전환 활동' 지원에 100일 함께 걷기가 끝나는 날, 바로 기부했다. 그동안 탈핵이 무엇인지, 원자력 발전의 위험과 폐해가 얼마나 심각한지에 대해 잘 몰랐는데 이번 기부를 통해서 환경 운동에 대해서도 관심을 가지게 되었다.

아이들과 일상생활에서 실천할 수 있는 에너지 절약에 대해 이야기하는 시간도 가졌다. 안 쓰는 전기 플러그를 뽑거나 사람이 없는 방에 불 끄기, 매월 10일 날 밤 10시부터 10분간 소등하기 등 생각보다 일상에서 실천할 수 있는 일이 많았다. 아이들이 걷기 대신 버스를 타자고, 버스 대신 택시를 타자고 할 때 에너지 절약과 환경보호에 대해서 얘기했다. 단순히 돈만 기부하는 것이 아니라 그동안 무관심했던 사회문제와 세상 이야기에 관심을 가지게 되어서 좋았다. 무엇보다 7살, 5살 아이들과 소통하며 함께 실천하는 일이 가장 뿌듯하고 의미 있었다.

함께 걷기는
힘이 세다

하루아침에 습관을 바꾸는 것은 어려운 일이었다. 알람이 울려도 바로 일어나지 못하고 이불 속에서 여전히 꼼지락거렸고, 늦게 퇴근을 할 때면 길 건너 정차해 있는 택시를 타고 싶었다. 동료들이 커피를 마시자고 하면 습관적으로 점심시간 후에 휴게실로 향했고, 계단보다는 엘리베이터와 친해지고 싶었다. 주말이면 집 밖으로 나가는 것도 싫었다. 그저 누워서 뒹굴뒹굴 시간을 보내고만 싶었다. 지금까지 나는 운동은 돈과 시간을 많이 들여야만 가능하다고 생각했다. 하지만 매일 걷기로 운동에 대한 편견을 깰 수 있었다. 늘 시간이 없어서 운동을 못 한다는 핑계를 달고 살았는데 이제 그런 말을 하지 않게 되었다. 걷기에 대한 편견도 깼다. 걷기는 단순한 운동이 아니었다. 내 생활의 또 다른 활력소이자 윤활유였다. 그렇게 차곡차곡 쌓은 시간은 '걷기 습관'이라는 또 다른 이름으로 내 삶에 자리 잡았다. 평소 '습관적으로' 무엇을 한다는 말을 좋아하지 않았는데 '습관적으로 걷는다'는 말은 좋았다.

처음 혼자서 출퇴근길 걷기를 시작했을 때가 작년 초여름이다. 푸른 녹음과 매미 소리로 우렁찼던 그 길을 혼자 걷다가 걷기 동료들을 만났다. 그리 성실한 걷기 참여자가 아니었던 나는 5킬로미터를 다 채우지 못한 날도 있었고 걸었던 기록도 늘 마지막에 올리기 일쑤였다. 그럼에도 내가 포기하지 않고 꾸준히 걸을 수 있었던 것은 바로 함께 걸었던 사람들 덕분이다.

우리는 매일 다른 공간에서 혼자 혹은 다른 사람들과 걸었지만 매일 밤 서로 걸었던 기록을 공유했다. 많이 걸은 사람에게는 오늘 무슨 특별한 일이 있었는지, 적게 걸은 사람에게는 아프거나 무슨 사정이 있었던 건 아닌지 안부를 물었다. 우리는 걸었던 기록만 공유한 것이 아니라 서로의 일상을, 서로의 삶을 공유하며 돈독한 관계를 맺었다. 나보다 많이 걸었다고 다른 사람을 부러워하지도 나 자신을 초라하게 생각하지도 않았다. 각자 자신만의 속도로 자신의 일상 반경에서 자유롭게 걸었다.

나의 걷기는 100일, 200일, 300일을 지나 400일을 향해 달려가고 있다. 여전히 걷기 동료들과 소통하며 걷고 있다. 매일 아침 가장 먼저 반갑게 인사하고 늦은 밤 가장 늦게 인사하는 사람들. 나는 그들 덕분에 좋은 습관을 가지게 되었고 그 습관을 오래 간직하고 싶다.

함께 걷기는 힘이 세다!

박은미

낯선
세계와
만나다

역사가 숨 쉬는 아름다운 동네에 살면서도 그것을 누리지 못한다면 얼마나 안타까운 일인가? 바로 나의 이야기다. 독립공원에서 인왕산 성곽으로 이어지는 마을에 살면서 마을과 함께 호흡하지 못하고 지내온 4년의 시간이 아쉽다.

풍성한 생명을 누리도록 사람을 회복시키는 일, 건강한 공동체를 세우는 일, 살고 싶은 정겨운 마을을 만드는 일에 늘 관심이 많았다. 신앙으로, 심리검사와 상담 등을 통하여 인간과 공동체를 세우고자 정성을 기울였다. 그럼에도 마을이 머리에서 가슴으로, 가슴에서 발로 내려와 삶의 일부가 되기까지는 많은 시간이 걸렸다.

지난 가을 숭례문 학당의 '100일 함께 걷기'에 늦둥이로 참여하였다. 걷기는 나의 취향에도 잘 맞았다. 언제 어디서나 실천할 수 있고 묵상을 많이 할 수 있어 좋았다. 책 읽고 글쓰기를 좋아하는 사람들과 단상을 나누며 매일 5킬로미터 이상 걷는 일은 일상의 큰 즐거움이었다. 묵상하며 책을 읽고, 함께 걷기를 시작하면서 마을이 내게로 성큼 다가왔다. 무심하게 지나치던 것들이 다가와 말을 걸었고, 낯설어서 멀게만 느껴지던 것들이 의미있게 다가오기 시작했다.

일상과의 만남, 그리고 깨어남

아무 생각 없이 내딛던 발걸음이 함께 걷기로 바뀌자 변화가 일어났다. 때로 싫증 나던 걸음이 즐거운 걸음으로 변했다. 심부름을 해야 할 때, 물건을 사와야 할 때, 자진해서 나서기 시작했다. '아! 걷는다.' 그 생각만으로도 이렇게 풍성해질 수 있을까? 걷기를 실천하면서 더 부지런해졌고, 복잡한 생각들이 하나둘 사라지고 가슴도 시원해졌다. 집과 건물, 나무와 산, 성곽과 공원이 마음속으로 쑤욱 들어와 자리를 잡았다.

시간을 절약하고 몸의 피로를 덜겠다고 차와 전철로 다니던 습관들이 하나둘 바뀌어갔다. 오늘도 독립공원을 돌아서 감리교신학대학교까지 걸었다. 소나무, 오래된 나무 의자, 십자가 묵상 길이 다가왔다. 예배당 십자가탑 너머로 광화문 빌딩들이 보인다. 도시 한복판을 걸으며 사유한다. 얼마나 오랜만인가? 감성이 살아나고 세포가 움직인다. 발가락이 꿈틀거리고 발에 열이 난다. 세포가 깨어나니 주변 사물들도 동시에 깨어난다. 걷기가 가져다준 행복이다. 걷기 행위는 낯익은 것을 경이로움으로 다시 보게 하고, 낯선 것과의 만남을 통해 사고의 지평을 확장시킨다. 하고 싶은 일과 도전거리를 발견하고 역사의 뒤안길에 있던 주변부 사람들을 주인공의 자리에 세운다.

걷기는 사람과의 만남이다

처음 '5킬로미터 걷기'는 집 앞 독립공원에서 시작되었다. 공원에 가면 '이진아도서관'이 아름답게 서 있다. 외국에서 교통사고로 죽은 딸, 진아를 기념하여 '이진아도서관'을 세운 진아 부모님의 애틋한 사랑이 그곳에 있다. 진아를 통해 개인의 이야기가 공동체의 이야기가 되고 사회의 모든 어린이들이 우리의 자녀가 된다. 진아는 책으로, 나눔으로 우리 곁에 살아 있다.

2014년 가을, 이진아도서관의 독서 토론 리더 과정에 참여하였다. 강사로 온 숭례문학당 김민영 선생을 만나 읽기의 즐거움에 빠져들었다. 숭례문학당과의 만남은 함께 읽고 토론하기에서 함께 걷기로, 그리고 함께 쓰기로 이어졌다. 우리나라 도서관들이 단순한 책 읽는 공간을 넘어 함께 토론하고 함께 실천하는 공동체로 세워지기를 바란다.

아침에 독립공원에 가면 어르신들을 만난다. 함께 손잡고 걷는 노부부, 운동기구를 이용하며 음악에 맞추어 몸을 움직이는 어르신들이 많다. 배드민턴 코트장에서도 어르신들이 아침 운동을 한다. 하루는 배드민턴 친목회 회장님이 나를 초청한다.

"이보게 젊은이, 아침마다 여기 나오던데 배드민턴 한번 배워봐요."

갑자기 젊은이가 된 나는 그날 이후 한 달간 무료 배드민턴 강습을 받았다. 80대 할머니가 배드민턴 채를 들고 가볍게 공을 날린다. 그 할머니의 날랜 모습을 보며 나의 어머님을 떠올린다. 여든한 살이신 어머님도 독립공원을 걸으신다. 자연과 교감을 나누고, 어르신들과 수다를 떨며 추억의 고향 길을 더듬는다. 오늘 어머님이 걸으신 그 길을 딸이 걷는다. 어머님이 앉으셨던 그 의자에 딸이 앉는다.

100일 함께 걷기를 시작하면서 새벽기도 후 어슴푸레 밝아오는 인왕산 성곽 길을 자주 걷게 된다. 어느 날 미장원 원장님을 만났다.

"늦게까지 서서 일하기 때문에, 아침 해뜨기 전에 두 시간씩 걸어요."

손님 이야기, 가족 이야기로 이야기꽃이 핀다. 그분의 일상이 내 삶으로 들어온다. 함께 걷는다는 것은 서로의 삶을 나누는 것이다.

동네로 들어서면서 휴지 줍는 할머니와 인사를 나눈다.

"늘 바쁘게 다니시기에 인사도 제대로 못 했어요."

문득 내 삶을 뒤돌아보았다. '너무 분주하구나. 사람을 살리고 마을을 살린다는 '살림의 집'을 운영하면서, 정작 동네 주민들과의 일상의 대화가 부족했구나.'

걷기는 이웃을 발견하고 자신을 성찰하게 한다.

동네 사람을 만나고, 어머님의 삶을 만나고, 자식 잃은 빈 공간을 또 다른 자녀들로 가득 채우는 귀한 어르신을 만난다. 스쳐가던 것들, 잊히고 묻힌 것들을 다시 발견한다. 걷는 곳곳에 이야기들이 담겨 있다. 오늘도 걷는다. 내 몸과 대화하며 걷는다. 사람들의 마음을 살피며 걷는다. 공원과 집, 성곽 곳곳에 새겨져 있는 이야기들을 되새기며 걷는다.

걷기는 마을과의 만남이다

새로 지은 아파트의 낯선 길을 걷는다. 새 아파트와 옛 아파트를 연결하는 샛길을 발견하니 기쁘다. 콘크리트 아파트를 지나 산길을 걷는다. 발의 감촉이 새롭다. 이슬방울, 밝아오는 하늘, 아침을 깨우는 새들을 만나며 하루를 연다. 우리 동네는 인왕산 성곽 마을이다. 서울시 '성곽 마을 가치 공유 프로젝트'로 도시 재생 사업이 진행 중이다. 성곽과 마을이 어우러져 있는 이곳은 귀한 문화유산으로 유네스코 등재를 앞두고 있다. 단순한 성곽 보존만이 아닌 동네 사람과 마을까지 하나의 유산으로 여겨 마을 전체를 보존하기 위한 노력이 계속되고 있다.

　밤에 성곽 길을 걸었다. 야경을 찍어 카톡에 올렸더니 보는 사람마다 환호성을 지른다.

　"행촌동 성곽 야경이 너무 아름다워요."

　"와! 그 동네 맞나요?"

　"번개팅 한번 주선해요."

4년간 이 동네를 지나다니면서도 성곽 야경이 이렇게 아름다운지 몰랐다. 걷기가 준 선물이다. 성곽 마을의 가치를 나누는 마을 만들기 사업이 진행되면서 성곽 길과 마을 길을 함께 걷는 행사도 많아졌다. 성곽 옆에 푸른 보리밭 길이 만들어졌고, 담장에 화분걸이를 만들어 꽃길을 조성했다. 누군가 동네 벽에 작은 액자를 걸어 사진전도 열고 있다. 걷기는 마을의 발견이요, 사람들과 소통하며 마을을 세워가는 몸짓이다.

지난해 종로구 마을 공동체 프로젝트에 참여하였다. 전통마을 탐방팀을 만들어 마을 곳곳을 걸으며 자연과 역사를 되새겨 보았다. 『오래된 서울』의 저자인 김창희 선생님은 성곽 길과 서촌 길을 안내하며 구수하고 애잔한 옛이야기를 전해주셨다.

수성동 계곡에는 정선의 산수화 한 폭이 펼쳐지고, 안평대군의 슬픈 이야기가 들려온다.

택견 수련장은 양반들 놀이터에 가지 못하던 서민들이 모여 삶의 회한을 나누던 난장터다. 그들의 몸놀림이 전수된다. 멋진 폼으로 '얏!' 앞발 차기를 하며 서민들 발자국 위를 걷는다.

황학정에는 활을 쏘는 사람들이 있다. 화살이 원을 그리며 날아간다. 그 화살은 과녁을 맞혔을까? 머물지 못한 발걸음에 궁금증을 담고 걷는다.

걷기는 결과보다는 과정적인 행위다. 목적지에 도착함으로써 끝나는 것이 아니라 끊임없이 나아가는 행위다. 길과 길이 이어지고 사람과 자연이 어우러진다. 건물에 새겨진 옛 조상들의 흔적을 발견하고 마을 곳곳에 담겨 있는 이야기를 발견한다. 딜쿠샤, 홍난파 가옥, 권율 장군 집터에 서 있는 500년 된 은행나무 등 역사적인 건물과 장소가 많은 전통마을 종로에서 산다는 것, 이 길을 걷는다는 것은 큰 행운이다.

걷기는
역사와의 만남이다

독립문형무소 주변을 걸었다. 붉은 벽 위로 독립운동가의 사진과 삶의 이야기가 기록된 긴 천이 드리워져 있다. 한 어머니가 아들에게 "여기서 나오려고 애쓰지 말고 조국의 독립을 위해 품은 뜻을 끝까지 간직하라"고 당부한 글을 읽으며 우리 어머니의 얼굴이 겹친다. 1980년대 민주화의 열기가 뜨겁던 시절, 대학생 동생이 바로 이곳에 있었다. 당시는 아픔과 두려움의 장소였다. 어머님은 "왜 이런 일을 하느냐? 빨리 나오너라"고 말하지 않으시고 그저 두꺼운 내의를 넣어주시며 아들이 걷는 길을 이해하려고 애쓰며 기도하셨다. 다시 서대문형무소 앞을 걸으며 드리워진 하얀 천 사이로 故 이한열, 故 박종철 군의 얼굴을 본다. 동생 얼굴도 보인다. 어머니들의 눈물이, 독립국가, 민주 사회를 염원하던 사람들의 소리가 메아리쳐 들려온다.

독립공원을 걷다 보니 형무소 너머로 아침 해가 떠오른다. 붉은 벽돌이 더욱 선명해진다. 『감옥으로부터의 사색』에서 故 신영복 선생님은 무기징역으로 독방에 있을 때 자살하지 않았던 이유를 하루에 두 번 작은 창으로 들어온 햇빛 때문이었다고 말했다. 오늘 햇빛으로 밝아진 서대문형무소는 두려움과 억압의 자리가 아니라 자유와 정의의 함성이 동트는 자리다.

독립문 사거리에서 무악재로 넘어가는 길 뒷골목엔 여관이 많다. '도시 한가운데에 작고 허름한 여관들이 왜 이렇게 많을까?'라고 생각했었다. 형무소에 갇힌 사람들의 옥바라지를 하던 이들이 머물던 곳이라고 한다. 일명 옥바라지 골목이다. 무심코 걷던 좁고 낡은 골목길에 그런 역사가 숨 쉬고 있었다. 이곳은 현재 주상복합 아파트를 짓기 위한 철거가 진행 중이다. '공가'라는 빨간 글자가 크게 눈에 띤다. 경제 논리에 밀려 우리의 소중한 역사들이 사라지고 있다.

경복궁을 지나 인사동으로 가는 길, 일본대사관 맞은편에 '평화의 소녀상'이 있다. 시민들이 일본군 위안부 소녀의 모습을 청동으로 형상화하여 세웠다. 앳된 단발머리 소녀가 주먹을 불끈 쥔 채 맨발로 앉아 있다. 땅에 발을 딛지 못하고 외롭게 앉아 있는 열세 살 정도의 소녀는 여전히 정착하지 못하고 살아가는 피해자들의 모습을 보여준다. 소녀상 옆의 빈 의자는 이들과 친구가 되고자 하는 사람들을 위한 자리다. 성탄을 앞둔 영하 15도가 넘는 추위 속에 세계에서 가장 긴 시위라는 '일본군 위안부 문제 해결을 위한 제1209차 정기수요 시위'가 열렸다. 학기말 시험을 마친 학생들이 수원, 이천, 근처 학교에서 백여 명이 참여했다. 수녀들, 여목회자들, 평범한 시민들이 함께 외친다. "일본 정부는 공식으로 사죄하고 법적으로 배상하라. 역사교과서에 기록하고 가르쳐 이런 일이 재발되지 않게 하라"는 함성이 언 발을 녹이고 차가운 땅을 녹인다. 발걸음은 마음으로 이어지고 목소리로 이어져서 메아리가 된다. 40대 일본 남성이 참전 용사인 할아버지를 통해 정신대에 관해 알게 되었다고 고백하면서 성금과 함께 사죄의 마음을 전한다.

"나는 일본인이지만 이 일에 대해서는 여러분들과 마음을 같이 합니다."

일본에서부터 이어진 발걸음은 한국으로, 아시아로 연결되어 전쟁을 반대하고 평화를 사랑하는 사람들과 한걸음이 된다.

마리 블룽도가 생각난다. 1951년 5월 1일 북프랑스의 작은 도시 푸르미에서 시위가 있었다. 평화롭게 행진하던 노동자들의 행렬에 군대는 총을 발사했다. 10명이 사망했다. 흰색 옷을 입고 팔에 꽃을 가득 안고 행진하던 노동자 마리 블룽도도 있었다. 그녀는 후에 더 나은 세상을 위해 걷는 모든 사람들의 상징이 되었고, 후에 5월 1일은 세계 노동자의 날이 되었다. 우리는 다른 정치적 이슈로 행진할 때도 마리 블룽도의 발자취를 따라 걷는 것이다. 걷기는 역사와 이어지는 정치적인 행위다.

걷기는 민중이 토론에 참여하고 자신의 목소리와 희망, 거부를 알리기 위해 이용할 수 있는 수단이다. 이것은 정치 생활의 제도적 틀 바깥에서의 개입 가능성이자, 민주적 행동양식이다. 시위대의 행렬은 그들의 요구사항을 담은 구호를 외치며 도시의 거리를 누빈다. 그들은 걸으면서 바로 그 걷기를 통해 투쟁한다. 우리는 발로도 투표를 하는 것이다.

- 『걷기의 철학』, 크리스토프 라무르 지음, 고아침 옮김, 개마고원, 2007

'너'를 발견하고
'나'를 변화시킨 함께 걷기

걷는다는 것은 살아 있고, 전진하고 있다는 증거이기에 가슴 뛰는 행위다. 걷기에 가속도가 붙으면 계속 앞으로 나가게 된다. 5킬로미터, 12킬로미터, 17킬로미터. 점점 발이 길어지고 길은 짧아진다. 걷기는 도전이다.

이 지역에 살게 된 지 4년 만에 안산 봉수대에 올랐다. 높은 곳에서 내려다보니 독립공원과 성곽, 우리 마을이 한눈에 담긴다. 높은 곳에 오르니 깊이가 보인다. 안산 자락 정상에 오르니 건너편 인왕산 봉우리 정상이 보인다. 높이는 넓이로 이어진다. 정상까지 걸어올라간 사람은 또 다른 편 정상에 서 있는 사람을 본다. 걷기는 발견이다.

의미를 나누지 않는 혼자 걷기는 기계적인 행위요, 재미없는 일이다. 그러나 과정을 공유하는 함께 걷기는 격려요, 신바람이다. 다시 일어서게 하는 힘이다.

함께 걷기라고 해서 꼭 여럿이 만나서 시간을 내어 걸을 필요는 없다. 혼자 걷더라도 단체 카톡방을 통해 매일매일의 걷기 상황을 서로 점검하며 함께할 수 있다. 걷기 무료 어플도 많고, 스마트밴드라는 손목용 걷기 측정기도 다양하다. 지난 연말, 심한 몸살감기로 누워 있을 때도 단체 카톡방에 올라오는 걷기 기록과 단상을 보며 방 안에서도 매일 참여할 수 있었다.

이제 100일 함께 걷기를 마치고 200일 걷기에 도전한다. 살아 있기에 걷고, 걷기를 통해 옛것과 새것을 만나 우리가 된다. 걷기에는 늘 공간이 있고 그 공간에는 사람과 역사가 있다. 잊지 말아야 할 것, 후손에게 전해야 할 이야기가 있다. 새롭게 써내려가야 하는 우리의 꿈이 있다. 독립공원과 인왕산 성곽 길, 우리 마을은 앞으로 어떻게 변할까? 푸른 나무, 우뚝 선 성곽, 도시 정원, 새소리 사이로 웃음이 퍼져 나가는 마을을 그려본다. 쉬지 않고 걸으며 늘 새로워지는 신명 난 사람들이 보인다.

마르틴 부버는 『나와 너』에서 온갖 참된 삶은 만남이라고 하였다. 너를 통하여 사람은 하나의 나가 된다. 사람이 무엇인가를 깊이 알려면 사람 사이를 들여다보아야 한다. 그런데 우리의 현실은 나와 너로 '만난다'는 것 대신 나와 그것으로 '가진다'는 사태만이 있다. 그때 서로에 대하여 인격 '너'이기를 그치고 하나의 대상 '그것'으로 전락하고 만다.

다시 걷자! '그것'으로 가득 찬 세상에서 '너'를 발견하자. 참된 걷기는 '그것'으로 물화된 것을 인격인 '너'로 만나게 한다. 걷기를 통해 자연, 인간, 신을 '너'로 만나고, 새로운 존재인 '나'를 보게 된다. 걷는 그곳에 봄의 생동감이 넘친다. 옛사람의 발자국이 보이고, 뚜벅뚜벅 걸어오는 후배의 발걸음 소리가 들린다.

'야~ 생명이구나.'

'야~ 함께 가는구나.'

김성희

국립중앙도서관 출판예정도서목록(CIP)

이젠, 함께 걷기다 / 지은이: 김민영, 박은미, 김은영, 김정자, 고민실, 강린, 황도순, 류경희,
최은희, 김성희. -- 서울 : 북바이북, 2016
    p. ;   cm

ISBN 979-11-85400-38-9 03810 : ₩13000

수기(글)[手記]

818-KDC6
895.785-DDC23   CIP2016023154

삶을 바꾼 100일 함께 걷기
이젠, 함께 걷기다

2016년 9월 27일 1판 1쇄 인쇄
2016년 10월 7일 1판 1쇄 발행

지은이 —— 김민영 박은미 김은영 김정자 고민실 강린 황도순 류경희 최은희 김성희
펴낸이 —— 한기호
펴낸곳 —— 북바이북
        출판등록 2009년 5월 12일 제313-2009-100호
        121-839 서울시 마포구 동교로 12안길 14(서교동) 삼성빌딩 A동 2층
        전화 02-336-5675 팩스 02-337-5347
        이메일 kpm@kpm21.co.kr
        홈페이지 www.kpm21.co.kr

ISBN 979-11-85400-38-9 03810

북바이북은 한국출판마케팅연구소의 임프린트입니다.
책값은 뒤표지에 있습니다.